メディアワークス文庫

新装版 タイム・リープ〈下〉

あしたはきのう

JN100168

目　次

第六章　再び月曜日へ

1

まばゆい光に目が眩《くら》んだ。

そして衝撃。

翔香《しょうか》は撥《は》ね飛《と》ばされ、叩《たた》き付《つ》けられた。

車？　金曜日？

だが、翔香は、車に撥ねられたわけではなかった。それより早く、なにかが翔香にぶつかり、路上から弾《はじ》き出《だ》していたのである。

急ブレーキの音が、激しく響く。

翔香は、土手を転がり落ちた。だが、一人ではなかった。翔香の体は、力強い腕に抱きかかえられていた。

和彦《かずひこ》だった。

約束通り、和彦が、翔香を助けてくれたのだ。

和彦と翔香は、抱き合うようにして、河原まで転げ落ちた。

「怪我《けが》はないな」

和彦が、口早に囁《ささや》く。

「え、ええ……ありがと。痛っ」

悲鳴を上げたのは、和彦が翔香を放り捨てるように立ち上がったからだ。相変わらず、思いやりに欠ける男である。

「ちょっと、若松《わかまつ》くん！」

頬を膨らます翔香を顧みもせずに、和彦は土手を駆け上がった。

ぎゃるるるっ。

土手の上で、タイヤが路面を噛《か》む音がした。そしてその車は、一気に加速し、走り去ってしまった。人は撥ねずにすんだものの、これは面倒な事になると不安に思って逃げ出したのだろう。

和彦は、小さくなっていくテールランプを、じっと見詰めていた。息を呑《の》むほど、厳しい目付きだった。

「？」

翔香は首を傾《かし》げながら、和彦に並び、同じ方向を見やった。テールランプは、もう米粒ほどの大きさになっていた。そして、ふっと消える。道を変えたのだ。

「……失礼よね。怪我をしなかったからいいようなものの、降りて謝るくらいの事をしたってよさそうなものなのに」

すると、和彦は鋭く舌打ちした。

「なにを呑気《のんき》な事を言ってる」

「え……？」

「あの車、ナンバープレートに覆いをしてやがった」

「……え？」

「分からないのか、鹿島《かしま》。この意味が！」

和彦は、翔香の両肩を摑《つか》み締《し》めた。

「痛い……」

翔香は身もだえしたが、和彦は手を緩めなかった。

「わざとなんだ。最初から、君を撥ねるつもりだったんだよ、あの車は！」

「え……？」

「水曜日の植木鉢だって、そうだ。もう間違いない。君は狙われている。命を狙われているんだよ！」

「う……そ……」

信じられなかった。

誰かが、自分を殺そうとしている？　そして、その誰かは、学校の中にまで、自由に出入りしているというのか？　学校の中に、殺人者がいるというのか？

「嘘《うそ》よ……そんなの、嘘よ……」

翔香は、震える声で、何度も繰り返した。

2

「二日も続けてお邪魔してすみません」

「いいえ、それはいいんだけど……どうしたの、翔香？　また、具合でも悪くなったの？」

若子は、青ざめた顔の翔香に、眉をひそめた。

「乱暴な車がいましてね。危うく轢《ひ》かれるところだったんです」

和彦が説明した。

「まあ……それで、怪我はなかったの」

「うん……大丈夫……」

こんな事、前にもあったな。水曜日の事を思い返しながら、翔香は頷《うなず》いた。

部屋に入ると、翔香はベッドに腰を降ろした。なにをする気も起きなかった。口をきくのも億劫《おっくう》だった。

和彦は、ドアの脇に、荷物を置いた。鞄《かばん》と、紙袋がひとつである。

それから、和彦は、小さく窓を開けて、外を見渡した。河原からここへ来るまでの間もそうだったが、再襲撃を警戒しているのである。

特に怪しいものは見られなかったのだろう。和彦は窓とカーテンを閉め直して、翔香を振り返った。

「少しは落ち着いたか」

その心中にどのような思いが渦巻いているにせよ、和彦の話し振りは、いつものように平静だった。

「ええ……。だけど……」翔香は、額を押さえた。「私を殺そうとしてる人がいるなんて……」

翔香は、ぶるっと身震いした。

「落ち着け」

たった一語のその言葉が、翔香の不安を和らげてくれる。自分でも、それが不思議だった。

翔香は、顔を上げた。

「あの時……ずっと、私を尾《つ》けてたのは、やっぱり若松くんだったの？」

「ああ」和彦は頷き、そして、小さく笑った。「いきなり走りだされたんで、参ったよ。お陰で息が切れた」

「……ありがとう」

「約束は守る。……それより鹿島、君はいつから来た？」

「……木曜日からよ」

「『寄り道』はしなかったのか？」

「ええ。それから、木曜日も全部終えてきたわ。……あなたの指示に従ってね」

「そうか……なら……」和彦は、翔香に向けた視線を強めた。「ひとつ……やってみるかな……」

「……なにを？」

訊《たず》ねる翔香に、和彦は薄い笑みを見せた。不敵と形容するに足る、自信に満ちた笑みだった。

3

「それを説明する前に、まずこれを見てくれ」

和彦は、戸口から紙袋を持ってきて、机の上に置いた。

「なにが入ってるの？」

ベッドから立ち上がりながら、翔香は訊ねた。

「焼却炉脇の、危険物置き場から拾ってきた」

和彦は、ポケットから手袋を取り出して嵌《は》めた。防寒用の物ではなく、警察官が使うような、白い木綿製の手袋である。

「随分、仰々しいのね？」

「証拠になるかとも思ってね」

和彦は、紙袋を開き、中の物を取り出した。

「植木鉢……」

それは、ふたつに割れた植木鉢だった。内側にこびりついた土は、乾燥して白っぽくなっている。

「これ……水曜日の？」

「そうだ。割れ方に見覚えがあるからな。間違いない」

「うん……だけど、これが、どんな証拠になるの？　指紋かなんか？」

「そんなところだ。もっとも、見ての通りの素焼きだし、あまり期待はしてない。今の鑑識技術なら、大丈夫かもしれないが、向こうも手袋をしてなかったって保証はないからな」

「……だけど、どうして、誰かがわざとやったって思うの？　車の事はともかく、あれは事故だって事も……」

「考えられないね」和彦は、きっぱりと言った。「教室の窓の外には、ちょっとした突き出しがあるだろう？　ベランダというにはせこいが、人間が楽に歩ける幅のあるコンクリートの突き出しが、さ」

「うん……」

翔香は頷いた。男子生徒が、時々、そこを通って隣の教室に行き来したりもしている。

「うっかり落としたんなら、必ずそこでとまる。それが地面まで落ちて来たのは、わざとだからだ。落とす気で落とさなければ、中庭まで落ちて来ない」

「……」

「遅ればせながら、そこに気付いてね。昼間、君と別れてから、教室巡りをしてみた。どこから落としたのか調べるためだ。一階じゃあない。二階でもない。あの時、一二HRの教室には、生徒がいた。下にいる君を狙って、植木鉢を落とすような事をすれば、すぐに見咎《みとが》められる」

「……」

「すると、三階か、四階か、それとも屋上か、だ。厄介な事に、三階は美術室、四階は音楽室で、いつも人がいるわけじゃないから、目撃者を探すのは難しい。第一、人目に付かないように注意しただろうしな」

「植木鉢の数は数えてみた？」

生徒会が配った植木鉢は、各クラスに十個ずつである。九個しかない教室があれば、少なくとも、落とした教室は確定される。

「残念ながら、美術室にも音楽室にも、十個揃《そろ》ってた。あとから補充したのか、最初から用意していたのか、ほかの教室から持ってきたのか、今となっては分からない」

和彦は、翔香が思いつくような事は、とっくに調べているのだった。

「じゃあ……結局、どこから落としたのかも、誰が落としたのかも、なぜ落としたのかもなんにも分からないままじゃない」

「確かに、『なぜ』かは、分からない。おそらく、日曜に関係する事だとは思うがね。だが、『誰』かと、『どこから』かは、突き止められる」

和彦は、自信たっぷりに言った。

「……どうやって？」

「植木鉢を落としたのは、音楽室からか美術室からか屋上からかだ。水曜日の昼休みに、そこへ出入りした者が分かれば、犯人の見当は付けられる」

「訊《き》き込《こ》みをするって事？」

「いや、それはあまり期待できない。さっきも言ったが、向こうも、見られないように注意しただろうからな。それに」和彦は、いったん言葉を切った。「こっちが嗅ぎ回っている事を、向こうに知られるとまずい。少なくとも、こっちに相手の特定ができるまでは、向こうを追い詰めるような事はしたくないんだ。そうでないと、命がいくつあっても足りない」

「……じゃあ？」

「見張りを立てるんだ。水曜日の昼休みの、音楽室と美術室と屋上にね。向こうも目立たないように気を使うだろうが、相手がそうするだろう事を、こちらが弁《わきま》えていれば大丈夫だ。勿論、見張りには身を潜めていて貰うようにしなければならないが」

「な……にを言ってるの？」

翔香は、まじまじと和彦を見詰めた。水曜日は既に済ませてしまっている。翔香にとっても過去だし、勿論、和彦にとっても過去である。今更、見張りなど立てられる筈《はず》がない。

和彦は、翔香に向き直り、ゆっくりと、言った。

「君は月曜日の後半をまだ残している。月曜日に行った時に、友達に今の事を頼むんだ。三ヶ所必要だから、三人にな。水森《みずもり》たちにでも頼めば、ちょうど足りるだろう」

和彦は、優子《ゆうこ》、幹代《みきよ》、知佐子《ちさこ》の三人の事を言っているのだ。

それは分かったが、しかし……。

「出入りする奴《やつ》の中には、関係ない奴もいるだろう。だが、候補者が複数になっても、その中に犯人がいる事だけは分かる」

「ちょ、ちょっと待ってよ。そんな事をしたら、時間が再構成されちゃうじゃない。『今ここに居る若松くん』が、居なくなっちゃう」

果たして、和彦は、自分の言っている事が分かっているのだろうか。

だが、和彦の自信に満ちた笑みは変わらなかった。

「大丈夫。そんな事はないよ。なぜなら、俺も君も、水曜日の昼休みには中庭にいた。校舎内で誰がなにをしていたかを知らないからな」

「？　？　？」

4

翔香は首を振った。

「……なにを言っているのか、全然分からない」

「だろうな」和彦は頷いた。「俺も、自分で、妙な事を言ってると思うよ。だけど、多分、正しいと思う。それですべて筋が通る」

「……説明して」

「勿論。……座ってもいいかな？」

「……ええ」

翔香が頷くと、和彦は椅子を引き、ベッドの翔香と向き合うようにして座った。そして、しばらく、考えをまとめるように目を閉じていたが、ややあって話し始めた。

「昨日、君が指摘した、『俺のミス』を覚えているか？」

「ええ」

翔香は頷いた。珍しく、今回は、翔香の『昨日』と和彦の昨日は一致している。

「もう一度、繰り返してみてくれ」

「だから……『木曜日に私が階段から落ちた』のが、『もともとの過去』でしょ？　若松くんは、それを水曜日に知ってしまった。予備知識が加わったのよ。時間を再構成させないためには、『私は階段から落ちなければならなかった』のに、予備知識が与えられたせいで、若松くんは、私を助けてしまった。それがミス……でしょ？」

「そうだね」和彦は頷いた。「昨日の俺の説明だとそうなる。君がそう思っても無理はないし、俺も昨日はそう思った」

「……今は、そう思ってないの？」

「もっと細かく考えなければならなかったんだよ」

「？　どういう事？」

「君は、『階段から落ちる』と言う時に、『その結果、怪我をした』という推論を含めているだろう？　だから、混乱したんだ」

「……え？」

「君は、木曜日に階段から落ちてリープした。怪我をしてからリープしたわけじゃない。『君の過去』は『落ちた、その瞬間』までだ。そして、俺は、『その過去』は、変えていない。なにしろ、踊り場に水がこぼれてるのに気付いても、そのままにしてたくらいだからな」和彦は笑った。「もっとも、あの時は、そこまで深く考えてはいなかったが」

「よく……分からない……」

「こう考えてもいい。『予備知識』に基づいた行動は、時間を再構成させるおそれがある。だが、君は、『階段から落ちた結果』を知らなかった。君が知らない以上、俺も知りようがない。つまり、その件に関する『予備知識』は、俺には与えられなかったんだよ」

「……」

「『予備知識』がなかったから、俺の行動は、『もともとの過去』と同じだった。同じ人間が、同じ状況にあって、同じ判断をし、同じ行動をしたわけだ」

「という事は……『階段から落ちたけど、若松くんに助けられた』っていうのが、『もともとの過去』だったわけ？」

「そう。俺も君も、それを『知らないまま』行動し、結果として『正解』に達していたというわけだ」

5

「さて、そこで、この考えを発展させるとこうなる。『予備知識』がないままの行動であれば、それがどんな事であっても、時間を再構成させない」

「……ちょっと、乱暴なような気もするけど……」

「俺もそう思わないではないがね」和彦は苦笑した。「理論を組み立てていくとそうなる。矛盾もない」

「そうなの……かしら？」

なにがなし、騙《だま》されているような気がしないでもない。

「従って、さっきの『見張り作戦』も可能なわけだ。俺も君も、『見張り作戦』があった事も知らないし、なかった事も知らないからな。『予備知識』がない以上、自由に行動できる」

「ちょっと、待って？　じゃあ……仮に、今から私が優子に電話したら、どうなるの？　そんな事頼まれなかったって言われたら？」

「勿論、『見張り作戦』はできなくなる。だが……そう答えるかな？」

「え？」

「これから、君には、今言った計画を実行して貰うつもりでいる。だから、多分、水森に訊けば、見張りをしていたと言うだろう。……多分な」

和彦は、自信ありげに答えた。

本当かしら……？

半信半疑な翔香だったが、ある事を思い出して、思わず声をあげてしまった。

「あ……」

「どうした？」

「そういえば……」

『見張り作戦』が実施される予定の『水曜日の昼休み』、優子、幹代、知佐子の三人は、早々《はやばや》と昼食を済ませて、席を立って行ったのだった。

あれは……これだったのね……。

パズルのピースが、またひとつ、かちりと嵌まった。

6

「遅ればせながら『予備知識』が得られたわけか」

翔香の説明を聞いて、和彦は笑った。

どうやら、和彦の理論は正しいらしい。それがよく分かった。今、和彦が言い出した計画が、過去において既に実行されていた事が分かったのだから。

「となると、今度は、どうあっても、『見張り作戦』を実行させなければならない。失敗すれば、時間が再構成されてしまう。……頼むぜ、鹿島」

「分かったわ、やってみる。月曜日に戻った時に、優子たちに今の事を頼めばいいのね。えっと……二日後ね……二日後の昼休みに、音楽室と美術室と屋上への階段を見張っててって」

「誰にも見付からないようにだ」

「うん」

「それに、あとふたつ注文がある」

「なあに？」

「ひとつは、少なくとも、『今』まで、つまり『金曜日の夜』以降まで、その事を誰にも——君にもだよ？　話さないようにして貰う事。理由は分かるな？」

「なんとか……。つまり、『今』より前の私は、その計画の事を知らないから、ね？」

「そうだ。『今』より前の君が、それを知るのはまずい」

「うん……。ふたつ目は？」

「見張りの結果を、どうやって、俺に持ってきて貰うかだ」

「私に、じゃなくって？」

　和彦は頷いた。

「君には知らせたくない。『予備知識』は、君の行動を束縛する。昨日も言ったが、俺は、この件の一切の片が付くまで、君に対して情報管制を布《し》くつもりだ」

「『予備知識』で行動を束縛されるのは、あなたも同じでしょ？」

「それはそうだが、二人とも知らないままでは、なにもできやしない。君か俺か、どちらかが知らなければならないし、束縛を覚悟しなければならない。君と俺のどちらかという事になれば、俺が引き受けるしかない。こう言ってはなんだが、危なっかしくて、とても君には任せられない」

　悔しいが、これまでの経緯を考えると、翔香には言い返せなかった。

「……だけど、あなたに報告するようにするって言っても、やっぱり『今』よりあとじゃないとならないんじゃない？　それとも……本当はもう知ってるの？」

これから『見張り作戦』の手配をする翔香のために、知っていて知らぬ振りをする事ぐらい、和彦なら容易にやってのけるだろう。

疑いの眼差《まなざ》しを向ける翔香に、和彦は苦笑した。

「残念ながら、知らない。だから、君は、月曜日に行った時、水曜日の昼休みに見張りをし、その結果を、金曜日の夜以降に俺のもとに届けて貰うよう、水森たちに頼まなければならない。勿論、理由は話せないし、金曜日までの間に、見張りの結果を忘れられても困る」

「……そんなに色々条件をつけられちゃ無理よ」

「だろうね」和彦は頷いた。「だから、見張りの結果は郵便で送って貰う事にする」

つまり、手紙を出して貰うという事だろう。時間を越えて情報を伝えて貰うには、確かに良《よ》い方法かもしれない。

「だけど……市内だし、二日もしないで着いちゃうんじゃないの？」

水曜日に出すとすると、金曜日か、ひょっとすると木曜日に着いてしまうだろう。

宛て先を翔香の家にするにしろ、和彦の家にするにしろ、これも時間を再構成させる原因になりかねない。

　翔香の懸念などは、とうに考慮のうちだったらしい。和彦は頷いた。

「その通りだ。だから、別の人間に宛てて出して貰う」

「別の……？」

「名簿を出してくれないか。生徒全員の住所を記した名簿があるだろ？」

「ええ……」

　翔香は立ち上がって、本棚を探した。だが、見付からない。

「おかしいわね。確か、この辺にあった筈なんだけど……」

　和彦は、部屋中を引っ繰り返し始めた翔香を、しばらく眺めていたが、これは長くかかると思ったのだろう、

「ゆっくり探しててくれ。俺は、ちょっと用足しに行ってくるから」

　と、言った。

「お手洗いだったら、階段を降りて右よ」

「分かった」

　和彦は、部屋を出て行った。

7

戻ってきた和彦は、本やノートが積み上げられた床を、呆《あき》れたように見回した。

「まだ見付からないのか？」

「うん……おかしいなあ……確かにある筈なんだけど……」

「ふむ……？」和彦は少し考え込み、そして言った。「鞄を調べてみたか？」

「鞄？　そんな所にないわよ。だって入れた事ないもの」

「『今までは』だろ？　いいから、調べてみろよ」

「……」

翔香は、納得いかないまま、鞄を開け、中を覗《のぞ》き込《こ》んだ。

「ほら、ない。大体、あれば、学校で鞄を開けた時に気付いた筈よ」

「滅多に使わないポケットかなんかがあるんじゃないか？　……そこのファスナー付きのポケットを開けてみな」

「……」

確かに、そういうポケットはある。しかし、滅多に使わないのは、不便だからで、

そんな所に名簿なんかが入れてあるわけがない。……のだが、

「……あった」

和彦の言った通りに、そのポケットの中に、名簿が入っていたのだ。名簿のほかにも、まだ手に触れる物がある。引き出してみると、それはレターセットだった。中には、便箋のほかに、封筒がふたつ入っている。

「……なんで、ここにあるって分かったの？」

目を丸くする翔香に、和彦は答えた。

「君が、俺の指示通りに動いてくれるなら、当然そこにある筈だからだ。……日曜日に戻った時、そこに名簿とレターセットを入れるのを忘れるなよ」

「『日曜日に戻った時』？」

「そうしないと、『月曜日の学校』で使えない」

「……」

ああなって、こうなって、そうなる。和彦の思考の組み立て方は明快極まりなく、言われてみれば、ああなるほど、と納得いくのだが、入り組んだ因果の網を的確に解きほぐしていく手腕には、ただただ感心するしかない。

「さて、その名簿を貸してくれ」

和彦は、翔香の手から名簿を受け取ると、ぱらぱらとめくり始めた。

「……ああ、ここだ。こいつの名前を覚えておいてくれ」

翔香は、和彦のそばに寄って、名簿を覗き込んだ。

二六HRの生徒名簿だった。翔香は、和彦が指し示す名前を読んだ。

「関《せき》……鷹志《たかし》……？」

「そうだ。こいつを受取人にしてくれ。そして、差出人の所に『連絡するまで、なにも言わずに預かっていてくれ。若松』と、書いておいてくれれば、多分、誰にもなにも言わずに、保管してくれると思う」

「若松くんの親友なの？」

「そんな上等なもんじゃないが、頼りになる奴だ。ただ……女文字はやめてくれよ。いくら奴でも、妙に思うだろうからな」

「だけど……。この関くんも、手紙を受け取ったら、どういう事か、あなたに訊くんじゃない？　それが『今』より前だったら……」

「だから『連絡するまで』の一文が必要なんだ。そう書いておけば、奴の事だ、妙だとは思っても、言う通りにしてくれる」

「信頼してるのね？」

「まあね」

和彦は断言した。翔香としては、それを信じて行動するしかない。

「だけど……」翔香は溜息《ためいき》をついた。「こんな、わけの分からない頼みを、優子たち、聞いてくれるかしら……」

「信頼してないのか？」

「だって……」

翔香が膨れると、和彦は笑いながら頷いた。

「確かに、妙に思うだろうな。だけど……そうだな、『おまじない』って事ならどうだ？」

「え？」

「幸運を呼ぶ『おまじない』とかって事なら、女子高生は、相当妙な事でも、引き受けてくれるんじゃないか？」

「そうねえ……」

和彦は、女子高生に関して、妙な固定観念を持っているようだが、違うとも言い切れなかった。確かに、『おまじない』なら、手続きが複雑でも、それなりに納得してくれるだろう。いや、むしろ複雑な方が、効果ありげに思われるかもしれない。

「うまくいくかもしれないわね」

翔香は頷いた。

8

「さて、と。じゃあ、君がやる事を忘れないうちに、行ってきて貰おうかな」

勿論、月曜日へ、という意味である。

「また、椅子に座るのね？」

先回りして言うと、和彦は苦笑した。

「じゃあ、とりあえず、そうして貰おうか」

翔香は、昨日と同じように机に足を載せ、椅子を後ろに傾けて座った。

その背後に、和彦がまわる。

不意に部屋が回転し、翔香を見下ろす和彦の顔が、目に入った。

「いつから来た？」

「……『行って』ないわよ」

気まずい感じで、翔香は答えた。

「やっぱり二度は無理か」

和彦は苦笑しながら、椅子を元の位置に戻した。

「……なんでリープできないのかしら？　一度目はうまくいったのに」

「今の君が、俺を完全に信じ切っているからだよ。だから、『怖い事』ではなくなってしまったんだ」

その言われように、翔香は少なからず動揺したが、和彦は気にも留めていない。

「だが、それも想定の範囲だ。ちゃんと別の方法も考えてある」

「どんな……？」

と、訊きかけて、さっき和彦がわざとらしく席を外した事を思い出した。おそらく、あの時に準備してきたのだろう。

「ひょっとして……下の階になにか仕掛けた？」

「鋭いな」

和彦は少し驚いたような表情を見せた。

「どんな仕掛けをしたの？」

「それを教えたら、リープできなくなる」

言われてみれば当然である。『危険』の内容をあらかじめ知ってしまっては、『危険』ではなくなってしまう。少なくとも、その度合いが著しく減少してしまうだろう。

「じゃ、行こうか。玄関の方だ」

和彦に促されて、翔香は部屋を出た。和彦は、そのあとに続く。

階段を降りようとした時、和彦が、ぽつんと言った。

「ごめんな、鹿島」

「え？」

振り返ろうとした時、和彦が、どんと、翔香の背中を突き飛ばした。

心構えもなにもなかった。

「きゃあ？」

翔香は悲鳴をあげて、階段を転げ落ちた。

9

翔香は抱きとめられた。力強い腕に。

「危ないな、鹿島」

和彦の声が言った。

「あなたねえ……」

いくらなんでも乱暴過ぎる、と、文句を付けようとして、翔香は口を噤《つぐ》んだ。

和彦は体操服姿だったのである。汗のにおいが、ほのかに鼻孔をくすぐり、翔香は慌てて、和彦から身を離した。

校舎の中だった。昇降口のすぐ近くの階段の途中である。

今は月曜日、三時間目が終了した時点なのだ。翔香は、月曜日へのリープに成功したのである。忘れていた後頭部の鈍い痛みまでが、蘇《よみがえ》っていた。

「よう、役得だな」

同じく体操服姿の男子生徒が、からかいながら通り過ぎていく。

和彦は、ちっと舌打ちした。馬鹿馬鹿しいと言わんばかりの、不快げな仕草だった。

「気を付けろよ」

和彦は、そう言い残して、階段を上がって行った。

「あ、ありがと……」

翔香は、その後ろ姿に礼を言ったが、和彦は振り返りもしなかった。

和彦の素っ気なさや冷徹さに、翔香はしばしば閉口させられたものだったが、それと比べてさえ、この月曜日の和彦は更に無愛想だった。

してみると、和彦も変化しているのである。それなりに、翔香に対して親しさを見せてくれるようになっていたのだ。

そんな事を考えていた翔香は、はたと気付いた。

「いけない。そんな場合じゃなかったわ」

教室では、体育を終えたばかりの男子生徒たちが着替えをしていた。女子生徒はいない。まだ更衣室で着替えをしている最中なのだろう。

翔香は、半裸を晒《さら》している男子生徒の中に、こそこそと入り込んだ。自分の席から鞄を持ち出し、急いで外に出る。

廊下に出たところで、手早く鞄の中を改める。やはりというべきか、名簿もレターセットも、ちゃんとポケットの中に入っていた。封筒の数を数えると、五つあった。

翔香は、進路相談室に行った。ここは各種大学の資料が揃っていて、おもに三年生が利用する部屋だが、机も置いてあるので、書き物をするにはちょうどいい。昼休みも間近なこの時間には、翔香のほかには誰もおらず、その点でも都合がよかった。

女文字は避けてくれ、との和彦の指示があったので、翔香は注意して癖のない文字になるよう心掛けながら、三通の封筒の宛て名に、関鷹志の名前と住所とを書き込んだ。差出人の所には、これも和彦の指示通りに、『連絡するまで、なにも言わずに預かっていてくれ。若松』と書き入れた。

それから、各々の封筒に、二枚ずつ白紙の便箋を入れ、切手を貼った。

「これで、よしと」


教室に戻ると、着替えの済んだ女子生徒たちが戻ってきていた。

「あ、どこ行ってたのよ、翔香」

机を寄せ集め、即席の食卓を作りあげていた優子たちが、声を掛けてきた。

「うん、ちょっとね」

翔香は言葉を濁しながら席に着き、弁当箱を取り出した。

いつものように、昼食をとりながらの、他愛ないお喋《しゃべ》りが始まった。翔香は、それに相槌《あいづち》を打ちながら、間をはかった。

間断ないお喋りの中にも、切れ目というものはある。翔香は、それを捕らえ、さりげなさを装って切り出した。

「……ところで、みんなに頼みたい事があるんだけど……」

「なにを？」

優子が、微笑《ほほえ》みながら訊き返した。

「ちょっとした、おまじないなんだけどね」

「おまじない？　翔香って、そういうの信じる方だっけ？」

知佐子が意外そうな表情を見せ、

「どんな？」

幹代が興味津々といった風で乗り出した。

「幸運のおまじないよ。うまくいけば、私の人生が開けるの」

よく言うと自分でも思うが、これがうまくいかなければ、翔香の『時間』はもとには戻らないのだから、その意味では大袈裟《おおげさ》でもなんでもない。

「そんなの効果あるのかしら」

知佐子が、疑わしげに言った。

「多分ね。なんたって折り紙付きだもの」

それも、衆に優れた分析力と洞察力を持つ和彦の折り紙である。信頼するに値するし、事実、翔香は信頼している。

「それで？　私たちになにをして欲しいの？」

優子が促した。

「それが、ちょっと複雑なんだけど……」

翔香は、こほんとひとつ、空咳《からせき》をしてから説明を始めた。

水曜日、つまり、今日から二日後の昼休みに、美術室と音楽室、それから屋上へ上がる階段を見張って、そこに出入りする人間を書き留めておいて欲しい。その際、誰にも気付かれないように、身を潜めていて欲しい。そして、この事は他言無用にして欲しい。

「なにそれ？」

「それがおまじないなの？」

知佐子と幹代が、顔を見合わせた。

「お願い。無茶な事言ってるって分かってるけど、必要な事なの。お願いだから、私を助けると思って、力を貸して」

翔香は、両手を合わせた。ここで断られたら、和彦の計画がすべて狂ってしまう。

「分かったわ、そんなに言うんだったら、手伝ってあげる」優子が頷いてくれた。

「美術室と音楽室だったわね」

「それと屋上への階段」

「そうだったわね。それじゃ、その屋上の見張りは私がしてあげる」

「分かったわ、音楽室を見てればいいのね？」

「じゃ、私は美術室」

幹代と知佐子も、承知してくれた。

「ありがとう」翔香は、胸を撫《な》で下《お》ろした。「だけど、もうひとつ、注文があるの」

「なに？」

「その……見張りの結果だけど、私には教えないで」

「え？　それじゃあ、誰に教えればいいのよ？」

優子が不審な表情になった。

翔香は、三通の封筒を取り出して、優子たちに、それぞれ一通ずつ渡した。

「見張りの結果は、この中に入れて、投函《とうかん》して欲しいの。もう一度、言っておくけど、この事は誰にも言わないでね。私にもよ？　もし、この件に関して話し掛けられても、私は知らんぷりするからね」

優子たちは、自分の前に置かれた封筒をしげしげ眺めていた。どの顔も怪訝《けげん》そうだ。

無理もない、というより、当然である。こんな妙な事を言い出されたら、翔香だって、首を傾げるだろう。

「……まあ、おまじないに説明を求めても仕様がないけど……」知佐子が封筒を取り上げた。「それにしても、この関鷹志って、誰？」

「ごめん、それも訊かないで」

翔香が手を合わせると、知佐子は、大きく息を吐いた。

「それよりも、私が気になるのは」優子が言った。「この『連絡するまで、なにも言わずに預かっていてくれ。若松』って文章だけど……。これって、あの若松くん？」

「え？」

それは、あてずっぽうに過ぎなかったのだろう。だが、一瞬示した翔香の狼狽《ろうばい》に、優子は確信を持ったらしい。

「そうなのね？」

「え……あ……その……でも……」

幹代と知佐子は、顔を見合わせ、窓際に座る和彦に、揃って目を向けた。

とうに食事を終えていたらしい和彦は、そんな幹代たちには気付きもせずに、いつものごとく、シャープペンシル片手にクロスワードパズルに取り組んでいた。

「これって……若松くんに教わったの？」

幹代が訊ねた。

まさしくその通りだが、『今』の和彦からではないし、そんな事を和彦に訊きに行かれては、時間が再構成されてしまう。

「違う違う、そうじゃないわ」翔香は、慌てて首を振った。「全然、違うんだから、そんな事、若松くんに言っちゃ駄目よ。ぶち壊しになっちゃう！」

その見幕に、三人は驚いたように、翔香を見詰めた。

ややあって、

「ふうん……。そういう事」

と、いかにも納得がいったというように頷いて寄越したのは、優子だった。

「な……なによ……」

「人生が開けるとか言っちゃって、これって、縁結びのおまじないなんじゃないの？」

「そ……そんなんじゃ……」

翔香は否定しようとしたが、効果はなかった。

「なるほどね。それで、意中の人の名前を、ここに書くのね。それで、この宛て名の人が、ちゃんと保管していてくれたら、それで願いが叶《かな》うんだわ、きっと」

などと、幹代は勝手に解釈を始めるし、

「それにしても、翔香が若松くんをねえ……」

　知佐子は知佐子で、和彦と翔香を見比べている。

「ちょっと待ってよ。ほんとにそんなんじゃ……」

「まあまあ、そんなにむきにならないで」優子が訳知り顔に言った。「そんなに慌てなくたって、大丈夫よ。冷やかしたりなんかしないから」

　その言い方が、充分冷やかしになっている。

　真っ赤になった翔香に、優子は笑顔を向けた。

「ま、そういう事なら、ちゃんと協力しましょ。あなたの想《おも》いが成就するようにね」

「……」

　まあ、いいか。

　翔香は諦めた。妙な方向に話が流れてしまったが、とにかく、これで、当初の目的は達せられたわけである。

10

　すぐに金曜日に戻って、『見張り』の結果がどうなったのか知りたかったが、そうもいかなかった。少しでも早く『タイムリープ現象』を終わらせるためには、『スケジュール表』に空白を残してはならないからである。

翔香は、時計とにらめっこをしながら午後の授業を過ごし、放課後になるなり帰宅した。

夕食、入浴、その他もろもろ、する事をすべて済ませた翔香がベッドの中に潜り込んだのは、まだ八時にもならない時間だった。

なかなか眠れなかったが、当然である。普段の就寝時間より四時間も早いのだ。

それでも、横になっているうちには眠れるだろうと、何度も寝返りをうっていた翔香だったが、慌てて飛び起きた。

「いけない。忘れるところだった」

日記だ。月曜日の翔香は、日記を書かなければならないのだった。

部屋の電気を点《つ》け、机の前に座り、日記帳を取り出して広げた翔香は、そこで、ぴたりと手を止めてしまった。

「……どんな文章だったっけ……」

思い出せない。いや、どんな内容かは思い出せるのだが、それをどんな言葉で著したのか、どこで改行したのかなど、細かい部分をすっかり忘れていたのである。

「まあいいか……」

肩を竦《すく》めて、翔香はシャープペンシルを手に取った。和彦には怒られるかもしれないが、この日記を読むのは翔香と和彦だけなわけだし、細かいところで少しぐらい違いがあっても、大意さえ同じなら、それほど大きな影響は出ない筈である。

「えっと……確か、最初はこうよね」

翔香は書き始めた。

『あなたは今、混乱している。あなたの身になにが起こったのか、これからなにが起こるのか、それはまだ教えられない。なぜなら、今のあなたにそれを教えると、過去が変わる可能性があるから。』

と、そこまで書いて、翔香は消しゴムを取った。過去が変わる云々《うんぬん》などと書いても、火曜日の翔香を一層混乱させるだけである。

『なぜなら』以降を全部消し、翔香は続きを書いた。

『だけど、記憶喪失ではないし、頭がおかしくなったわけでもないから、心配しないで。だけど、他人には、その事を話さないでね。あなたが相談していいのは、若松くんだけよ。』

しかし、その和彦も、最初は、けんもほろろなのである。その邪険な態度で諦めてしまわないよう、付け加えておく必要があった。

『若松くんに相談なさい。最初は冷たい人だと思うかもしれないけど、彼は頼りになる人だから。』

翔香は、シャープペンシルを置き、自分の書いた文章を見直した。

「こんなもんよね」

少なくとも、大きな違いはない筈である。

翔香は日記をしまった。

それから、『明日』の、つまり火曜日の時間割を鞄に揃える。

「これで、やり残しはないわよね……」

翔香は指さし確認してから、部屋の電気を消した。

11

自分がどんな格好をしているのか分からなかった。手足が妙な風にもつれている。

起き上がろうとしたが、まわりが妙にやわらかく、身動きがままならなかった。

「また落ちたの？」

スリッパの音を響かせながら若子《わかこ》が現れ、呆れたように翔香を見下ろした。

「すみません」階段の上の方から、和彦の声が聞こえた。「僕が支えればよかったんですけど、間に合わなかったんです」

自分が突き落とした癖に、よく言う。

そんな事情を知らぬ若子は、やれやれと首を振った。

「まったく、おっちょこちょいで困っちゃうわね。よくそう何度も何度も落っこちられるもんだと思うわ」

階段を降りてくる和彦が、それを聞いて失笑した。

「ほら摑まれよ」

和彦が、翔香に手を差し出した。

文句のひとつも言いたいところだったが、若子がいてはそれもままならない。

「……ありがと」

仕方なく礼まで言ってから、翔香は、和彦の腕にすがって、立ち上がった。

「翔香、そのおっちょこちょいをなんとかしないと、お嫁の貰《もら》い手《て》がなくなるわよ。ねえ、若松さん」

「え……」

さすがの和彦が、返答に詰まる。そんな和彦に、年長者の余裕を窺《うかが》わせる笑顔を向け、若子は居間に戻っていった。

翔香は、それを見送ってから、おもむろに、和彦の脇腹をつねった。

「よくも、やったわね」

「痛いな」

和彦は顔をしかめた。

「痛かったのはこっちよ。もっとほかにやりようはなかったの？」

「あったかもしれないが、思い付かなかった。これが一番確実に思えたんだよ」

「それにしたって……」

「悪かったよ。だから、先に謝っておいたじゃないか。それに、一応、安全措置もしておいた」

和彦に言われて気付いたが、階段の曲がり角にあたる部分に、どこから集めてきたのか、座布団やらクッションやらぬいぐるみやらが積み上げられていた。さっきまで、翔香はその中に埋まっていたのである。

「……」

「ところで、遅ればせながら訊くが、いつから来た？」

「……月曜日よ。あなたの思惑通りね」

「水森たちに頼んできたか？」

「ええ」

お陰で妙な誤解されちゃったわよ。と、心の中で付け加える。

「そうか……となると、あとは彼女たちの信頼性にかかってくるわけだが……」和彦は、左手の腕時計を見た。「この時間なら、練習も終わって、家に帰ってる頃だな。……電話を借りていいか？」

「どうぞ。そこの、下駄箱《げたばこ》の横よ」

「分かった」

「関くんに掛けるのね？」

「その通り」

和彦は、受話器を取り上げ、ボタンを押した。向こうが出るまでの間に、翔香を振り返って訊ねる。

「月曜日は、全部済ませて来たんだろうな？」

「ええ」

「そうすると、残る空白は、日曜日の夜だけか……あ、もしもし、関さんのお宅でしょうか……。若松と申しますが、鷹志くんはいらっしゃいますか？　はい……。……

おう、関か。お前のところに手紙が三通届いてると思うんだが……そうか」和彦は、そこでいったん送話口を掌《てのひら》で塞ぎ、翔香に言った。「来てるそうだ」

「……」

そうなるようにしてきたのだから当然、とは言いながら、翔香は、和彦の知的能力の凄《すさ》まじさに身震いが出る思いだった。

翔香と違い、和彦は時間の流れから外れる事ができない。にもかかわらず和彦は、過去と未来を完全に統御していた。支離滅裂にしか思えなかっただろう翔香の言葉から法則を見付け出し、混乱した事態を終息へ向けて動かしているのだ。

「……それで、関。疲れてるところすまないが、それをこれから持って来てくれないか。場所は今から言う。本当は俺の方から受け取りにいくべきなんだが……そうか、すまん。恩に着るよ」

和彦は、待ち合わせ場所として、翔香の家の近くの公園を指示し、受話器を置いた。

12

「ちょっと出掛けてくるわね」

そう若子に言い置いて、翔香は、和彦と共に公園に向かった。

「ねえ、関くんって、どんな人？」

和彦と並んで歩きながら、翔香は訊ねてみた。

「中学の時まで同級だった。高校に入ってからは、別のクラスになったし、あいつは部活で忙しくなったから、滅多に会わなくなったがな」

「部活って？」

「柔道部だ」

意外だった。和彦の親友というから、なんとなく、文化系の部に入っている人なのだろうと思っていたのである。

「口が堅いし、頭も切れる。俺は人に頼るのは嫌いだが、あいつだったら頼っても、まず間違いない」

「ふうん……」

公園に到着すると、翔香と和彦は、常夜灯に照らされる場所に立った。鷹志が見付けやすいようにと配慮したのである。

夜の公園に二人きりというシチュエーションは翔香の胸を騒がせたが、和彦は別に気にもしていないようだった。

まったく、これでも思春期の男の子なのかしらね……。

翔香は、そっと溜息をついた。

頭脳明晰《ずのうめいせき》、沈着冷静、泰然自若。頼りになるのはいいのだが、あまりに非人間的な気がする。一七歳の高校生なら、異性と二人っきりでいたら、もっとこう……とるべき態度というものがあるのではないだろうか。といって、いつかの夢で見たように、いきなりキスされたりしたら、それはそれで困ってしまうのだが。

しばらくして、和彦が呟《つぶや》くように言った。

「どうやら来たようだ」

自転車の車輪の音が近付き、そして、公園の入り口で停《と》まった。

常夜灯の明かりに照らされた和彦の姿がすぐに分かったのだろう。自転車のスタンドを立てると、その人物は、まっすぐに翔香たちの方へやってきた。

和彦が、信頼できると言い切った関鷹志とは、どんな男なのだろうか。翔香は、興味津々、近づく人影を観察した。

やがて、鷹志の姿が、常夜灯の明かりの中に入って来た。

和彦も長身の方だが、鷹志は、その和彦より更にひとまわり大きかった。身長の事だけではなく、肩幅や胸の厚みが、全然違う。しかし、『柔道部』という言葉から、翔香が連想したような、真四角な体型では、鷹志はなかった。むしろ、スマートである。柔道部らしさを感じさせるところといえば、がっしりした骨組みと、太い首、あとは短く刈った髪の毛ぐらいのものだった。

眉毛が濃く、引き締まった口元をしている。和彦の親友だけあって、意志が強そうな感じだった。だが、眼差しは穏やかで、むしろ人懐っこい印象がある。

鷹志は、茶色い革のジャンパーを着ていた。しかし、下は学生ズボンのままだ。帰宅してすぐのところを呼び出されたらしい。

「疲れてるとこ、すまんな」

「なに、いいさ」鷹志は笑いながら答えた。「それより……」

不思議そうな目を向けられ、翔香は慌てて、ぺこりとお辞儀した。

「若松くんと同じクラスの鹿島翔香です」

「関です。よろしく」

鷹志は挨拶を返してから、物問いたげな視線を、和彦に戻した。

「……なんだよ」

和彦は、少しむくれたように言った。珍しい、というより、翔香が初めて見る、子供染みた仕草だった。

「……別に」

鷹志は、口元を緩めた。説明しにくいなら、不問にしといてやるよ。そんな感じの、からかうような笑い方だった。

和彦は苦笑し、早速、本題に入った。

「手紙は持ってきてくれたか？」

「ああ」鷹志はジャンパーを開き、内ポケットから三通の封筒を取り出した。「この三通でいいのか？」

「世話をかけてすまん」和彦は封筒を受け取り、翔香を振り返った。「鹿島」

「え？」

「なに、ぼけっとしてる。この三通で間違いないか？」

翔香は、和彦の手の中にある三通の封筒を確かめた。間違いない。つい『さっき』自分が書いて優子たちに配ったものである。

翔香が頷くと、和彦は、それをポケットにしまった。

「で、なんなんだ、そりゃ」

鷹志は、もっともな質問をした。

「すまん。世話になっておいて、勝手な事を言うと思うだろうが、今は教えられない」

「ふむ……？」鷹志は、片眉を跳ね上げた。「どうやら、よっぽどの厄介事らしいな」

「まあ、な」

「じゃ、教えてもいい時になったら、教えてくれ」

鷹志は軽く頷いた。さらっとしたものである。余計な事は、言いもしなければ、訊きもしない。くどくど言い訳や説明をする必要が、この二人にはないのだろう。

「とにかく、ありがとう。助かったよ」

和彦は礼を言ったが、その時、鷹志が、不思議そうな表情を見せた。

「本当に、その三通を渡すだけで、用は足りるのか？」

意味ありげなその言葉に、今度は和彦が、怪訝な表情になった。

「……なぜだ？」

「なぜって」鷹志は、もう一度、ジャンパーの内ポケットに手を入れた。「ここにもう一通、同じような手紙が来てるからさ」

「なんだと……？」

鷹志の取り出した四通目の封筒を、和彦は食い入るように見詰めた。

13

「鹿島?」

和彦が、翔香を振り返った。『心当たりは?』と訊いているのだ。

「知らない。私は三通しか書いてない」

翔香は、ぷるぷると首を振った。

「封筒も同じ。文字も語句も同じ。筆跡も同じ」鷹志は、和彦と翔香の様子を、興味深そうに眺めながら、その封筒を、ひらひらとさせた。「だけど、この手紙は、ほかの三通より、二日早く届いた。……若松、お前は随分、複雑なゲームをやっているようだな」

「……極め付きに複雑な奴をな」和彦は呻《うめ》くように言った。「……それも、渡してくれるか?」

「勿論」鷹志は頷いて、四通目を和彦に差し出した。「ただし」

「分かっている。全部終わったら、説明するよ」

「ぜひ、そうして貰いたいね」

質問疑問で頭の中は一杯だろうに、鷹志はそれ以上の追及はしないでくれた。和彦が受け取った四通目を、翔香は横から覗き込んだ。

鷹志が言った通り、それはなにもかも、他の三通と同じだった。封筒も、語句も、筆跡も。

という事は、つまり、これも翔香が書いたのである。いや、『これから』書くのだ。唯一残された空白の時間帯、つまり日曜日の夜に。日曜日の夜に投函した手紙が郵便局に回収されるのは月曜日。従って、水曜日に出される他の三通より、二日早く届くという事になる。

しかし、日曜日の翔香は、なぜ『四通目』などを書いたのだろうか。なにがそこに書かれているのだろうか。

考えられる事はひとつだ。日曜日になにがあったのか、それを『今の和彦』に知らせるために違いない。

「すまん、ちょっと待っててくれ」

同じ事を考えたのだろう、和彦はそう言い残して、少し離れた別の常夜灯の下に移動して行った。

「ところで……鹿島さん？」

置いていかれた形の翔香に、鷹志が声を掛けてきた。

「はい？」

「あいつとは、その……いつ頃から、付き合ってるの？」

「付き合ってるなんて、とんでもない」翔香は、慌てて首を振った。「ちょっと、困った事があって、相談に乗って貰ってるだけなの」

「へえ……」

鷹志は、少し驚いたように翔香を眺め、それから、その目を、和彦の方に向けた。和彦は封筒を開いては、中の便箋を取り出し、熱心に目を通している。

「あいつが、女の子の相談にねえ……」

意外そうな口調だった。

「……ねえ、関くん。あなた、若松くんの親友なんでしょう？」

「そんな上等なもんじゃないよ」

鷹志は、和彦と同じ事を言った。

「……なんで若松くんって、あんなに女の子に冷たいのかしら？」

「冷たいって……」鷹志は目を丸くした。「相談に乗って貰ってるんじゃなかったのかい？」

「そうだけど……だけど……」

「まあ、言いたい事は分かるけどね。確かに、ちょいと、奴には問題があるな」

「……やっぱり、女嫌いなの？」

ひょっとすると、そういう趣味だろうか。そしてもしかすると、鷹志がその相手で……などと、不届きな妄想を浮かべる翔香に、鷹志は意外な事を言った。

「あいつは別に、女嫌いなんかじゃないよ」

「え？」

「まあ、敬遠している事は確かだが、健康な男子高校生にふさわしいくらいには、女好きの筈だ」

「でも……」

それでは、どうして、和彦が女性に冷たいのか、『敬遠している』のはなぜなのか、それを訊ねてみたかったが、その時間はなかった。

「どうやら、読み終えたらしいな」

和彦が、封筒をポケットにしまいつつ、戻ってくるところだった。

14

「待たせて悪かった」

戻って来た和彦は、短く言った。表情が、ひどく厳しい。眉間に皺《しわ》を寄せ、顔色さえも、青ざめて見えた。

「どうしたの？　なにが書いてあったの？」

「なんでもない。君は心配しなくてもいい」

不安になる翔香にそう答え、和彦は、次に鷹志の方へ向き直った。

「関、もうふたつばかり頼みたい事が出来たんだが、いいか？」

鷹志も、和彦の様子に異常を感じ取ったようだが、先程と同じように、無駄な事は言わなかった。

「なんだ」

「鹿島に、護身術を教えてやってくれないか」

「え？」

と、声をあげたのは、翔香である。

鷹志は、そんな翔香を、ちらりと見てから、

「不審者に狙われてでもいるのか」

「まあ、そんなところだ」

「……警察に通報したらどうだ。警察署に行くのが気が進まないってんなら、俺から親父《おやじ》に伝えておいてもいいぜ」

「そういえば、お前の親父さんは刑事だったな……。だが、駄目なんだ。警察には頼めない」

「ふむ……？」鷹志は、和彦をじっと見詰めた。「なら、お前が護《まも》ってやれよ」

「できればそうしたいが……。俺は、四六時中、彼女に付き添ってやれるわけじゃない」

その言葉の意味するところは、本当には、鷹志に伝わらなかっただろう。

「……柔道ってのは、空手や合気道ほど、女の子向きじゃないぜ？」

「かもしれないな。だが、受け身や体捌《たいさば》きくらいなら、教えられるだろう？　別に、相手をやっつけなくてもいいんだ。襲われた時に、無事に逃げ出す事さえできれば、それでいい」

「……いいだろう。分かった。だけど、いつ、どこでやればいい？」

「……明日も練習はあるのか？」

「竜《りゅう》が、休みなんかくれるわけないだろ」

鷹志は笑った。竜というのは、柔道部顧問の川中邦雄《かわなかくにお》の事だ。体育の教師で柔道六段の猛者である。あだ名の由来は、背中に昇り竜の入れ墨があるから、などという噂《うわさ》もあるが、真偽の程は定かではない。

「何時に終わる？」

「そうだな……まあ、いつも通りなら、三時には終わると思う」

「なら、そのあとで頼めるか？　それなら、道場も使えるだろうし」

「分かった」

鷹志が頷くと、和彦は、翔香を振り返った。

「じゃあ、鹿島。そういうわけだから、明日は弁当とトレーニングウェアを用意してきてくれ」

「う、うん……いいけど……」

「それが頼みのひとつとして……まだ、ほかにもあるのか？」

鷹志が訊ねた。

「それは、鹿島が仕上がってから言う」

「……明日になっていきなり言われても、こっちにも準備ってものがあるぜ？」

「準備は俺の方でする。それに、お前なら、そう難しい事じゃない」

「さいですか。……分かった。お前を信用するよ」

不審も不満もあっただろうが、鷹志は引き受けてくれた。

「色々、面倒かける」

「なにいいさ。じゃ、明日な」

鷹志は、翔香に目で頷き掛け、和彦には、ひょいと手を振って、公園を出て行った。

15

「さて、戻るか」

鷹志を見送ってから、和彦は翔香を振り返った。

「うん……」

翔香は頷いた。三通の手紙の、そして四通目の手紙の内容が気にはなったが、翔香に対する情報管制の必要上、和彦が教えてくれるわけがなかった。

翔香は、和彦と並んで、公園をあとにした。

「それにしても……なんだって、急に護身術なんか？」

「知っていた方がいいだろう。今の君は特に」

「それって……これからも襲われるって事なの？」

見上げる翔香を、和彦は、じっと見詰め、ややあってから答えた。

「分からない。俺も、未来の出来事をすべて見通せるわけじゃない」

「……でも……なにかあっても、若松くんが護ってくれるんでしょ？」

「俺も万能じゃない。いつも必ず君を護れるとは、断言できない」

「……」

黙り込んでしまった翔香に気付いたのか、和彦は口調を和らげた。

「まあ、そんなに心配するな。念のために、打てる手は打っておく。そういう事なんだからさ」

「うん……」

今日はこれで帰るという和彦のために、翔香は自分の部屋から、和彦の鞄を運んできてあげた。

「お邪魔しました。これで失礼します」

「お構いもしませんで」

若子が玄関先に現れる。

「じゃ、鹿島、明日な」

「あ」

「どうした？」

「ううん、ちょっと、そこまで送るわ」

若子の目が気になったので、翔香は、和彦と共に外に出てから、訊ねた。

「ね、私の『明日』は明日なのかしら？」

寝て起きた時に、そこが土曜日の朝という保証は、翔香にはないのである。

「ああ、その事か……。大丈夫、君の『明日』は土曜日だよ」

「なんで、言い切れるの？」

「スケジュール表に残る空白は日曜日だけだからだ。その時になにがあったか分からない以上、君はまだ『そこ』へは行けない。君の無意識が『そこ』へ行く事を拒む筈だ」

「でも……明後日《あさって》とか、明々後日《しあさって》とか……」

「新しくリープするには、また別の『怖い事』が必要だ。それが起きるとしても、土曜日になってからだろう。もっとも」和彦は笑った。「今夜のうちに『怖い事』があった場合は、その限りじゃない。……頼むから、階段から落ちたりなんかするなよ。話がややこしくなるからな」

翔香はむくれた。

「私だって、いつもいつも階段から落ちてるわけじゃないわよ」

「そうか？」和彦はもう一度笑い、それから真顔になった。「とにかく、それだけは気を付けてくれ。奴も自宅にいる君までは襲わない筈だからな。君が気を付けてくれれば、明日に来れる。そうすれば……」

「そうすれば？」

「明日ですべて終わる。終わらせてみせる」

自分に言い聞かせるような、和彦の言葉だった。

第七章　最後は土曜日

1

和彦の言葉通り、翔香の『翌日』は土曜日だった。

「さすがね……」

朝刊で日付を確認した翔香は、改めて、和彦の判断の確かさを思い知らされた。

和彦に任せておけば、万事間違いないような気がする。

和彦の知的能力は、まさに驚異といえた。勉強家だの秀才だの、そんな言葉で表せるものではない。何物をも見通す洞察力に加えて、遥《はる》かな高域で稼動する頭脳を持ち合わせているのだ。

その和彦は、昨夜、翔香に、はっきりと約束した。今日ですべてを終わらせる、と。

だが、

「ほんとに大丈夫なのかな……」

さすがに、少し不安が残った。

和彦は、決して約束を破らない。一度約束すれば、必ずそれを果たす。それは良く分かっているのだが、この場合は、和彦を制約する要素があまりに多過ぎた。なにしろ『時間を再構成させない』という大前提のために、和彦は、その行動を、ほとんどがんじがらめに拘束されているのである。その環境下で、なお『タイムリープ現象』を終息させる手立てが、果たして打てるものなのだろうか。

和彦の情報管制のため、和彦がなにを考え、なにをしようとしているのか、翔香には分かりようがない。和彦を信じて任せるほかないのだ。

とりあえず、翔香にできる事といえば、和彦の負担を増やさないため、和彦の指示を誤りなく実行する事だけだった。

「あ、そうだ」

翔香は朝刊を手にしたまま、台所へ行き、いつものごとく食事の支度をしている若子に言った。

「お母さん、今日もお弁当、要るんだけど」

「え？　だって、土曜日よ？」

「そうだけど要るの」

「そういう事は、夜のうちに言っといてくれないと……」若子は、文句を言いながらも、調理の手を止めて、冷蔵庫を覗き込んだ。「ハンバーグがあるわね……あとは卵焼きでもして……」

「いいわ、自分でやるから」

若子は、まじまじと翔香を見て、それから、窓の外を見やった。

「今日は、洗濯はしないでおこうかしら」

「なによ、それ」

「雨でも降るんじゃないかと思って」

「……」

2

「よう、おはよう」

翔香が玄関を出ると、門柱に背をもたせかけていた和彦が、声を掛けてきた。

「おはよう。毎日、お出迎え、大変ね」

冗談口調に感謝の念を包んで言うと、和彦は、ちらりと笑った。

「まあな。俺も早いところ、肩の荷を降ろしたいよ。……ところで、君は、金曜日から来たんだろうな？」

「ええ。あなたの予想通りに」

和彦は軽く頷くと、その顎先を横に振るようにして、翔香を促した。

「じゃ、行こうか」

翔香は、和彦と肩を並べて、歩き始めた。

和彦の顔立ちは、いつにも増して、鋭く引き締まっていた。緊張が、そうさせているのかもしれない。いったい和彦は、なにをするつもりなのだろう。なにを決意しているのだろうか。

その和彦が、翔香に顔を向けた。

「トレーニングウェアは用意してきたな？」

「ええ。……ところで、若松くん、お弁当は？」

「作ってくれなかった」

「え？」

「妹が、さ。ついでならともかく、わざわざ俺の分だけ作る気にはならないそうだ」

和彦は、小さく笑った。

そういえば、和彦の両親は泊まりがけで出掛けていると、和彦が前に言っていた。あれはいつの事だったか……。

「仕方ないから、売店でパンでも買うよ」

「だったら……」翔香は、鞄を持ち上げてみせた。「ここに二人分、用意してあるんだけど……食べない？」

「なんだ、俺の分も用意してくれてたのか」

和彦は、意外そうな顔をした。

「ささやかなお礼の意味で、ね。味の保証はできないけど」

「なんだか、食うのに覚悟が要りそうだな」

和彦は笑ったが、その表情は、すぐに先程の厳しいものに戻ってしまった。というより翔香と会話する時だけ、和彦は意識して表情を和らげているらしい。

「……なに、考えてるの？」

「……別に」

和彦は、呟くように言った。

「……今日で終わらせるって言ってたけど、なにをするつもりなの？」

「関に、君に稽古をつけて貰う」

「そうじゃなくて……」

「とりあえず、今はそれだけでいい。あとの事は、必要な時になったら教える」

いつもながら、和彦の情報管制は固かった。

3

和彦の推理によれば、『敵』は、学校の中に出入りできる人物である。それを考えると、不安でならない翔香だった。授業を受けている翔香のすぐそばに、その『敵』はいるのかもしれないのだから。

だが、その不安を打ち消してくれる存在が、翔香にはあった。和彦である。授業の間も、休み時間でさえも、振り返ればそこに和彦がいてくれたのだ。

どうやら、この日、和彦は、徹底して、翔香から目を離さないでいるつもりらしい。事態を終息へ向けて動かそうとする今、不慮の事故があってはならないと、気を張っているのだろう。

和彦の警護のお陰か、何事もなく、土曜日の日課はすべて済んだ。

「一緒に帰ろ」鞄を手にした知佐子が、翔香を誘いにきた。「幹代が、おいしいクレープの店、見付けたんだって」

いつもなら、ふたつ返事で賛成する翔香だったが、今日はそういうわけにはいかない。

「ごめん。今日はちょっと……」

「なにか用があるの？」

「ちょっと、ね」

「ちょっとって？」

知佐子の追及は、なかなかに厳しい。だが、そこで、優子が口を挟んだ。

「まあまあ、そう野暮な事は言いなさんな」

「なによ、それ？」

怪訝な顔をする知佐子に、優子は窓際の席を示してみせた。

クラスメートたちが、次々に帰り支度を整えて教室を出ていく中、和彦だけが、椅子に座ったままだったのである。

「ははぁん……」

知佐子が、心得顔に頷き、

「これは、いよいよ、やり方を詳しく教えて貰わないとね」

幹代までが、冷やかすような目を、翔香に向けた。それが、あの『縁結びのおまじない』を指している事が、今の翔香には分かっている。

「……」

「じゃ、翔香、うまくやるのよ」

優子が言い、知佐子と幹代と連れ立って、教室を出て行った。

「まったく、物分かりが良すぎて、困っちゃうわね」

翔香は、小さく溜息をついた。


「なんだか、妙に黒っぽい弁当だな」

和彦が、そう評した。ハンバーグや卵焼きに、焦げ目というには大胆過ぎる着色がされていたからである。

「……やっぱり、パンにする？」

「折角だから戴《いただ》くよ。まさか、死にはしないだろう」

憎まれ口を叩きながら、それでも和彦は、翔香の作った、お世辞にも上手とはいえぬ出来ばえの弁当を、綺麗《きれい》に平らげ、

「ごちそうさま」

と、両手を合わせた。子供の頃受けた躾《しつけ》が癖になっているのだろうか、和彦に似合わないそんな仕草が、妙におかしい。

「さてと」

和彦は、教室の時計を見上げた。まだ一時を回ったところである。柔道部の練習も、やっと始まったというところだろう。

「あと二時間か……こうして待つとなると、長いな」

「ただ、待っているだけなの？」

翔香が訊ねたのは、仮にも『すべて終わらせる』と言うからには、それなりの準備が必要なのではないかと思ったからだ。

「やる事はあるんだけどね、俺は君から目を離せないし、君がいるところではできない事なんだ」

というのは、つまり、翔香に『予備知識』を与える事になるからだろう。

「だから、今は、ただ時間を潰すだけさ」

和彦は鞄を引き寄せた。

「クロスワード？」

「ご明察」

和彦が取り出したのは、以前見た文庫本タイプの物ではなく、薄っぺらい雑誌だった。クロスワードパズル専門の雑誌らしい。

「ふうん、そんなのがあるんだ」

「ああ」

和彦は軽く頷いて、筆記用具を取り出した。

「ねえ、クロスワードって、そんなに面白い？」

「パズルの出来にもよるけどね。時間潰しには最適だし、余禄《よろく》もある」

「ボキャブラリーが増えるって事？」

「いやいや。この雑誌はさ、パズルを解いて送ると、景品が当たるんだ」

「当たったことあるの？」

「いくつか。まあ、他愛ないもんだけどね」

和彦は、ぱらぱらと頁《ページ》をめくった。景品は、パズルごとに決められているらしい。ぬいぐるみとか、目覚まし時計とか、確かに他愛ないものばかりだったが。

「あ、そのオルゴール、ちょっといいわね」

「じゃ、これをやってみるか。手伝えよ」

和彦は、鉛筆を一本、翔香に差し出した。

翔香はそれを受け取り、和彦と並んで、パズルに取り組み始めた。

4

「遅い」

それが、開口一番の、鷹志の台詞《せりふ》だった。

「そっちから言い出しといて遅れるたあ、どういう料簡《りょうけん》だ」

「すまん。うっかりした」

和彦は謝ったが、翔香もクロスワードを解くのに夢中になってしまい、時計を見るのを忘れていたのだから、同罪である。

「ごめんなさい、関くん」

翔香が謝ると、鷹志は、すぐに、にやりと笑った。本気で怒っていたわけではないのだ。

「まあ、いいよ。さっきまで一年が掃除に残ってたからな。ちょうどいいと言えばちょうどいい。……とにかく、鹿島さん、着替えておいで。そっちの、剣道部の部室が使えるから」

「はい」

「お前も、わざわざ着替えたのか？」

和彦が訊ねたのは、鷹志がトレーニングウェアを着ていたからだ。

「女の子を相手にすんのに、汗臭い道着のままってわけにもいかないだろ」

そう答える鷹志の声を後ろに聞きながら、翔香は剣道部室に入った。

東高の第二体育館は、二階建てになっている。二階は普通の板張りだが、一階部分は半分がピロティ、半分が格技場となっているのだ。

格技場は、アコーディオンカーテンで、柔道場と剣道場に分けられているが、その剣道場の端に、柔道部室と剣道部室はある。部室といっても、ただ壁で区分けされているだけで、天井は吹き抜けだから、むしろ用具置き場とでも言った方が近いかもしれない。

剣道部室の中には、木製の棚が数多くしつらえてあって、無数の防具が並んでいた。防具は洗濯できないから仕方がないとはいえ、部室にこもった、すえたような臭いがたまらず、翔香は急いで着替えて、外に出た。

「お待たせ」

「じゃ、柔道場の方へ」

赤いトレーニングウェアに身を包んだ翔香を、鷹志は促した。

青い畳が敷き詰められた道場に入ると、鷹志は、和彦を振り返った。

「護身術といっても色々あるが、どういう場合を想定してるんだ？」

「そうだな」和彦は、少し考えてから答えた。「組みつかれた状態から逃げ出す方法を教えてやってくれ」

「後ろからか？　前からか？」

「ひと通り頼むよ。……どれくらいかかる？」

「どれくらいって、お前……一時間やそこいらでなんとかなると思ってんのか？」

「なんとかして欲しいと思ってる。昨日も言ったが、別にやっつけなくてもいいんだ。逃げ出せさえすればな」

「簡単に言ってくれるぜ……」鷹志は、首を振った。「まあ、いいだろ。できるだけの事はやってみるよ」

「頼む。じゃあ、俺は、しばらく出てくるから」

「おいおい、なんだよ、そりゃ」

「俺がここにいたって仕様がないだろ？　それに、少し用事もある」

さっきも言っていた、『翔香の見ているところではできない事』なのだろう。和彦は、そう言い置くと、鞄を取り上げて、格技場を出て行った。

「勝手な奴だ」鷹志は苦笑して、翔香に向き直った。「じゃ、始めますか」

5

「折角、柔道場にいるんだから、とりあえずは受け身からかな」

鷹志は言った。

「受け身って、あの、くるって回転する奴?」

「前回り受け身か? いや、あれはいいだろう。いくらなんでも、投げ飛ばされるなんて事はないだろうしね。後ろ受け身と、横受け身だけやってみてくれ」

鷹志は、まず、見本を見せてくれた。さすがは柔道部員である。掌で畳を叩く音が、ばんとよく響く。

「要するに、うまく転ぶって事さ。後頭部を打ったり、背中を打ったり、関節から落ちたりしないようにね」

「……難しいのね?」

「そうでもない。赤ん坊なんかは、教えなくても自然にできてる。要するに、手足に余計な力を入れなきゃいいんだ。ただ、頭だけはそうはいかないんで、顎を引くようにしなきゃならないけどね。……やってごらん」

見様見真似《みようみまね》でやってみたが、あまりうまくいかない。顎を引く事に注意していると、自然に手足にも力が入ってしまうのである。鷹志の受け身は一動作だったが、翔香がやると、ごてごてぼて、と、なってしまうのだった。

それでも何度か、重ねて指導されるうちに、一度だけだが、ぱあんと、綺麗な音を立てる事ができた。

「そう、その感じだ。もう少し練習すれば、ちゃんと身に付く。……時間がないから、次へ進むよ」

鷹志は、翔香に手を貸して、立ち上がらせた。

「次は、組みつかれた場合だけど……」鷹志は、翔香の後ろに回った。「その……鹿島さん、体に触ってもいいかな？」

「どうぞ？」

翔香が答えると、鷹志は遠慮がちに、翔香の体に手を回した。翔香は、『きをつけ』の体勢で、鷹志の腕に抱えられた。

「さあ、この状態から、どう逃げる？」

翔香は体に力を込めてみたが、鷹志の腕は、びくともしなかった。

「駄目……動けない」

「なんて、諦めちゃいけない。少なくとも、三つは攻撃する方法がある。ひとつは、足。踵《かかと》で、相手の足の甲を、思いっきり踏み付ける。ハイヒールでも履いてりゃ無敵だが、普通の靴だって、結構効く。ふたつ目は、頭。そのまんま頭を後ろに振れば、相手の鼻っ柱にぶつかる。まあ、身長差にもよるけどね。それから、三つ目は、言わずと知れた金的蹴《きんてきげ》り。……やってごらん」

翔香が、その三種の動きを、曲がりなりにも覚えるまで、鷹志は根気よく指導してくれた。

「まあ、こんなもんだろ。じゃあ、次は、前から来た場合だ」

鷹志は、今度は、翔香の前に回った。

「こう来ても、大体は同じだ。踵は使えないかもしれないが、頭突きは有効だし、金的蹴りも膝が使える分強力になる」

「はい」

「問題は、体を押さえられた状態で、どれだけ有効な打撃が加えられるかだけど……

「少し練習してみるか」

　その必要上、翔香は鷹志に抱き締められるような形になってしまったが、照れているような場合ではない。それに、鷹志は飽くまで護身術の教授に徹していたので、翔香は変に気を回さずにすんだ。

「ね……関くん、ちょっと、訊いてもいい？」

　頭突きや蹴りの練習を繰り返しながら、翔香は訊ねてみた。

「なにを？」

「昨日、言ってたでしょ？　若松くんの事。女嫌いじゃないって……」

　女嫌いでないなら、なぜ女性を敬遠しているのか、ずっと気になっていたのだ。今なら、和彦は席を外しているから、ちょうどいい。

「前に、なんか、あったの？」

「あった……というほどの事でもないんだけどね」

　鷹志の曖昧な答え方が、却《かえ》って翔香の好奇心を煽《あお》った。

「どういう事？　それ？」

　鷹志は、やや探るような眼差しで、翔香を見た。

「それを聞いてどうするのさ」

「どうするって……わけでもないけど……その……力になれるかもしれないでしょ？　ほら……若松くんには、いろいろお世話になってるし……それに……」

へどもどする翔香を眺めていた鷹志は、やがて、にこりと笑った。

「そうだな。君には話しておいてもいいかもしれない。……俺たちが中坊の時だ。学校に一人の優等生がいてね……ああ、これは、別に、若松の事ってわけじゃないんだから、その辺、勘違いしないように」

その言葉は、事実なのだろうか。それとも、和彦のプライバシーを守るために、わざと匿名にしたのだろうか。

「成績は学校でもトップクラス、運動もこなせるし、顔も結構良かったから、女子の間では人気があったみたいでね。だけど、融通が利かないというか、生真面目なところがあって、特定の女の子と親しくする事はなかった」

「……」

どうも後者らしい、と、翔香は思った。

「でね、ここに、ある女の子が登場する。仮にA子ちゃんとしとこうか。これが美人でね。なんていうか、大人びた雰囲気を持ってる女の子だった。校内ミスコンでもやってたら、間違いなく優勝してただろうな」

「……それで？」

　穏やかならぬものを感じながら、翔香は促した。

「このA子ちゃんが、その優等生に目を付けたらしくてね、猛烈なアタックを始めた。優等生は、最初は煙たがっていたが、満更でもなかったらしい。で、途中を端折《はしょ》るが、デートする事になった」

「……で？」

「俺も見物に行ったわけじゃないんで、詳しい事は知らないんだけど、ま、それなりの段階を踏んで、それなりの成果があったらしい」

「……」

「その翌日の学校でね、そのA子ちゃんが友達と話してるのを、たまたま俺と若松は耳にしたんだけど……私の勝ちねって言うんだ」

「え……？」

「A子ちゃんが、友達に、さ。どうも、あの堅物を落とせるかどうか、賭けをしてたみたいなんだな」

「……」

「プレイボーイがゲーム感覚で女を落とすのを楽しむってのは聞いた事もあるけど、

その逆があるとは思わなかったよ。彼女は自分の魅力を知ってたんだな。で、自分の異性に対する影響力を試してみたかったらしい」

「……それで？」

「別にどうって事はない。そんな事で世を儚《はかな》むほど、あいつも馬鹿じゃないしな。すぐさま交際を断って、それでちょん、だったんだが……ただね」鷹志は肩を竦めた。

「しばらく、その言葉が頭から離れなかった。『私の勝ち』ってのがさ」

「……」

「彼女は、単純に、賭けに勝ったという意味で言ったんだろうが……俺には、そして多分若松にも、そうは聞こえなかったんだよ。男なんて、いくら偉そうにしてたって、所詮は助平の塊、女がその気になれば、ひょいひょいついて来る。そんな風に聞こえた」

「……それで、女嫌いになったわけ……？」

「と、いうか……敬遠するようにね。ほうら、やっぱり負ける。そう言ってるように見えるんだよ。可愛《かわい》い顔の下でせせら笑ってるようにさ。若松は、もともと負けず嫌いだから、なおさらだ」

「でも、そんなのは、そのA子ちゃんが特別だったのよ。普通は……」

「分かってる」鷹志は頷いた。「そんな意地の悪い女ばかりじゃないって事はね。それに、第一、そのA子ちゃんだって、悪意があったわけじゃない。ただちょっと自分の魅力が自慢だったのと、他人を思いやる気持ちに欠けてただけだ。だけどね、感情は理屈通りにはいかない。ま、ちょっとしたトラウマってとこかな」

鷹志は、もう一度、肩を竦めてみせた。

「だけど、それじゃ……」

「話はそれで終わり。さ、練習に戻ろう。蹴りは、もっと思い切ってやらなきゃ駄目だ」

「……うん」

鷹志に言われて、翔香は体術の稽古に戻ったが、どうにも身が入らなかった。

過去にそんな事があったのだとすると、和彦の態度も頷ける。しかし、このままでいいのだろうか。どうすれば、そのトラウマを取り除けるのだろうか。

ふと気付いた事があり、翔香は、鷹志に訊いてみた。

「じゃ、関くんにもトラウマが残ってるの？　関くんも、女嫌いなわけ？」

「俺？」鷹志は目を丸くした。「……そりゃ、全然ないわけじゃないけど、俺は、あいつほど生真面目じゃないし、それに」そう言って、鷹志は、にやりと笑った。「俺は、これでも格闘家の端くれだから」

翔香は首を傾げた。

「……どういう意味？」

「世の中には、負けても恥にならない相手がいるって事を、知ってる」

6

「どうだ、調子は」

道場に戻ってくるなり、和彦は言った。

「まああかな」

鷹志は、基本動作を繰り返す翔香に、休むよう合図した。そして、和彦からは見えない位置で、口元に人差し指を立てる。さっきの話は和彦には内緒にしておけ、という意味らしい。

そんな二人のやりとりには気付かぬ様子で、和彦は言った。

「成果を見せてくれるか？」

「いいとも。じゃあ、鹿島さん。演武といきますか」

「ええ」

翔香は、鷹志を相手に、頭突きと蹴りを、いくつかのパターンでやってみせた。

「こんなもんでどうだね」

「ふむ……」和彦は、真剣な顔付きでそれを見ていたが、「ひとつ問題があるな」

「なんだ？」

「たとえば、相手が胸元に顔を押し付けてたりしたら、どうする？　頭突きは届かないだろ？」

「蹴りがあるさ」

「金的か？　そんなものは、足の置きようで防げるだろう」

「そりゃあ、そうだが……」鷹志は苦笑した。「随分手厳しいな」

「足の置きようで防ぐって？」

翔香が訊ねると、鷹志は教えてくれた。

「向かい合っている状態で……まあ、押し倒されてるとしようか。……その体勢で、金的蹴りを防ぐとしたら、たとえば、君の右足の外側に自分の右足を置く。そうすれば当然、股間は蹴れなくなる」

「ええ、そうね」

頭の中にその型を思い描いてから、翔香は頷いた。

「あるいは、その……」なぜか、鷹志は言《い》い淀《よど》んだ。「……君の両足を開かせておいて、その間に自分の両足を置く。この場合も、金的蹴りはできない」

再び頭の中に思い描こうとして、翔香は赤面してしまった。

「細かい事を言うようだが、その場合の対処法も教えておいて欲しいな」

一人だけ冷静に、和彦は言った。

「そういう体勢になる前に逃れる方法を教えたつもりだがね……そうだなあ……」鷹志は、和彦に反論しつつも、解答を示してくれた。「その場合でも、肩が使えるな」

「肩？」

首を傾げる翔香に、鷹志は頷いてみせた。

「関節ってのは、大体どこも武器にできる。肩も関節だからね。ほら、こうやって」と、鷹志は実演しながら、「腕を内側に捻《ひね》るようにすると、肩が前に突き出されるだろ？　これで相手の頬桁なり鼻っ柱なりを打つんだ」

「こう？」

翔香は、見様見真似でやってみる。

「もっと思いっきり。……そう、そうだ。それで、相手が少し離れたら、今度は肘を突き上げる。腕の内側を上に向けて、びしっとね。……そう。で、次は、掌底」

「しょうてい？」

「ここさ」鷹志は、掌を開いて、親指の付け根のあたりを示した。「拳骨《げんこつ》ってのは、訓練してないと、指を痛めるからね。ここを使った方がいい」

翔香は、またしばらく、鷹志の指導のもとで、型を繰り返した。

「こんなもんでいかがですか、先生」

鷹志が、和彦を振り返った。

「ああ。それなら、なんとかなりそうだな」

随分偉そうだが、鷹志は気を悪くした風もない。慣れているのだろう。

「それはどうも。……じゃ、俺はこれでお役御免かな」

「ありがとう、関くん。変な事頼んで、ごめんなさいね」

和彦の分まで丁寧に、翔香は頭を下げた。

「なに、いいさ」鷹志は軽く受けて、それから少し真顔になった。「それより鹿島さん。こんな一時間やそこらの稽古で、技が身に付くわけじゃない。それを忘れないようにしてくれよ」

「ええ……家でもトレーニングするわ」

すると、鷹志は苦笑しながら、首を振った。

「そういう事じゃない。いくらトレーニングしても、生兵法は生兵法だよ。君子《くんし》危うきに近寄らず、それが一番だって事さ」

「じゃあ……」

なぜ、護身術などを教える気になったのか。不思議に思う翔香に、鷹志は付け加えて言った。

「万が一という事もあるしね。僅かの時間でも、こうして稽古したって実績があれば、自信がつく。いざという時に、落ち着きがもてるからさ。いいかい。パニクりさえしなければ、対処の仕様はいくらでもあるんだ。たとえ、両手両足を押さえ込まれたって、助けを呼ぶ事はできる。どんな相手だって、手は二本しかないんだから、頭と肩と肘と足と、それに口を同時に封じるなんて事はできやしない」

「ええ」

翔香は頷いたが、そこで和彦が口を挟んだ。

「最初に気絶させるって手もあるがな」

「それを言っちゃ、身も蓋もない」鷹志は苦笑して、「だからさ、さっきも言ったように、危ない場所には近付かないのが、本当は一番いいんだ」

7

稽古が終わったので、翔香は剣道部室に戻って、着替えを始めた。

翔香に少し遅れて、鷹志も着替えを始めたらしい。隣の柔道部室から、物音が聞こえた。

独特の臭いがするこの剣道部室から早々に出ようと、急いで着替えを済ませた翔香だったが、鞄を取り上げようとした手を、途中でとめた。鷹志と和彦の話し声が聞こえてきたからだ。

「……なんだって？」

鷹志の声だ。驚きと同時に、詰問するような感じがこもっている。

「もうひとつの頼み事だ」

和彦の声である。

「しかし……どういう事だ、そりゃ」

珍しく、鷹志は追及した。それほど妙な事を、和彦は要求したらしい。

「すまん。わけは言えないんだ。全部済めば話す。だが、今はまだ駄目だ」

「……」

「頼む」

「……なぜ、話せない？」

「お前の口の堅いのは分かっている。だが、それでも不都合が生じるんだ。それに一〇〇パーセントの確証があるわけでもない」

「……分かった。なら、それは訊かない。だけど……そんな危ない橋を渡らなくたって、ほかに方法があるだろ？」

「あれば、そうしてる」

「……危険だぞ」

「分かってるさ。しかし、虎穴に入らずんば虎子を得ず、とも言うしな」

「虎の子供が欲しいんなら、猟師に頼めよ。素人が手を出すと怪我をするぜ」

「警察に頼むには、確証を摑まなければならないからな」

「……なんだって、お前がそこまでしなきゃならない？」

「……」

「彼女のためか？」

一瞬の間があった。

翔香は思わず耳をそばだててしまったが、和彦は苦笑混じりにこう答えただけだった。

「さあ、どうかな」

翔香は、そっと溜息をついたが、壁の向こうからも、鷹志の溜息が聞こえてきた。

「……本当に、必要な事なのか？」

「ああ」

「……全部終わったら、わけを話してくれるんだろうな？」

それが、承諾になっていた。

「すまん。恩に着る」

がらっと戸が開けられる音が聞こえた。柔道部室の戸だ。和彦が外に出たのである。

「鹿島、まだ着替え終わらないのか？」

「あ、はいはい」

翔香は、慌てて剣道部室を出た。

和彦は、既に帰り支度を整えていたが、鷹志の姿が見えない。まだ柔道部室の中にいるのだろうか。

「関くんは？」

「あいつには、別にやって貰いたい事がある」

「なにを？」

和彦は、苦笑した。

「教えない」

いい加減に覚えろよ、とでも言いたげである。

格技場から校門に向かいながら、和彦は言った。

「ちょっと、寄り道するぞ」

「どこに？　……お訊ねしてよろしければ」

「八幡神社《はちまんじんじゃ》」短く答えて、和彦は腕時計を見た。「少し急ごう。遅れるとまずい」

「遅れるって、なんによ？」

和彦は、ちらりと翔香を見た。

「終幕《おわり》の開演《はじまり》にさ」

8

八幡神社に着いたのは、四時二〇分過ぎだった。太陽は西に傾きかけている。

「それで？ ここで、なにがあるの？」

和彦は、鋭い目で周囲を見回していたが、翔香の問いに答えて言った。

「とりあえず、上だ」

和彦と翔香は、神社の石段を上がった。

上りきった正面に、鳥居があった。石作りのそれは根元の方が苔《こけ》むしていて、年代を感じさせる。

和彦は、鳥居をくぐり、境内に入ったが、すぐに足を止めて、翔香を振り返った。

「どうした？」

翔香が、鳥居の下で立ち止まっていたからだ。

「分からないけど……なんか……やな感じがするの」

和彦は、興味深げな目付きで、翔香を見た。

「なるほどね。やっぱり、どこかに記憶が残ってるんだな」

「……どういう事？」

「すぐ説明する。が、ここはまずい」和彦は、ぐるりと周囲を見渡した。「駐車場があそこだから……来るとすればあっちからか……。よし、こっちだ」

和彦は、参道の右手の方に、翔香を誘った。

神社というのは大抵どこもそうだが、多くの樹木が植えられている。和彦は、その中でも特に草木の密生した茂みに入り込んで行った。

「隠れんぼでもする気？」

「その通り。隠れるんだ」

和彦は、茂みの向こうにしゃがみこんだ。そうすると、暗がりに制服というせいもあって、まったく見えなくなる。

「早く来いよ」

「……分かったわよ」

翔香は茂みの向こうにまわり、和彦のそばにしゃがみこんだ。

「それで……誰を待つの？」

和彦は、油断なく参道の方を窺いながら答えた。

「犯人に決まってるだろう」

「え？」

「君を、こんな目に遭わせた張本人だよ」

「でも……なんで、ここに来るって分かるのよ？」

和彦は、無造作に答えた。

「俺が呼び出したからだ」

「なんですって？」

翔香は息を呑んだ。

その『犯人』は、これまで二度も翔香を殺そうとした人物なのである。それほど凶悪な人物を、和彦はわざわざ呼び出したというのだ。無茶である。鷹志が危険だと言っていたのも、当然だ。

「これで決着を付ける」

和彦は、きっぱりと言った。

9

「だけど……誰なの？　誰だったの？」

最も重要なその点を問うと、和彦はポケットから、小さな機械を取り出した。

「なに、それ？」

「レコーダーだよ」

和彦は、翔香に向き直り、制服の胸ポケットを指さした。見ると、小さなボタンのような物が付けられている。

「このマイクから入った音が、録音される」

「……盗聴器？」

和彦は顔をしかめた。

「人聞きの悪い事を言うなよ。小型の通信機だ。昔、趣味で作ったのが残ってたんでね。受信機側に手を加えて、録音できるようにした」

「……手先が器用なのね」

クロスワードといい、機械いじりといい、和彦もなかなか多趣味である。

「ちょっと待ってろ」

和彦は、レコーダーを操作した。きゅるきゅると、テープの巻き戻る音が聞こえた。

「この辺だ」

和彦はテープを停め、レコーダーにイヤホンを取り付けた。二股になったその一方を自分の耳に嵌め、もう一方を翔香に差し出す。

「……」

わけが分からないまま、翔香はそれを耳に嵌めた。

「君と関が道場にいた間に、電話で呼び出した。その記録だ」

和彦は説明しながら、再生のスイッチを押した。翔香は息を詰め、耳に神経を集中した。

『……というわけですよ』

初めの方が切れていたが、これは和彦の声だ。

『なにを言っているのか分からないね』

男の声が答えた。大人の声である。少しこもった感じがあるのは、電話の声だからだろう。どこかで聞いた事があるような声だった。

『じゃあ、もう少しはっきり言いましょうか。この間の日曜日、そして今週の水曜日と金曜日、あなたはある女子生徒に、ちょっとした事をなさった。……思い出されましたか？』

和彦の喋り方は、やけに丁寧だった。

『……なんの事か、さっぱり分からない』

『そう白《しら》を切《き》るのも結構ですがね。こうして、わざわざお電話を差し上げたのは、それなりの確固とした物があるからですよ』

『……』

『そうですか。知らないとおっしゃるんなら、仕方がありません。しかるべき筋に出すとしましょう。ですが、それじゃあ、あなたがお困りでしょう？』

『……』

『こんな事を言うのも、あなたに便宜をはかって戴きたい事があるからでしてね。ここはギブ・アンド・テイク、お互いに欲しい物を交換するというのはいかがですか？』

翔香が思わず和彦の顔を見ると、和彦はおかしそうに笑った。

「こっちも悪《わる》に思わせた方が、乗って来やすいと思ってね。向こうも、これなら丸め込めると思うだろうし」

そして、その判断は正しかったようだ。

『……なにが望みなんだ』

『電話では言えませんね。会ってお話ししましょう。今日の夕方、四時半に、八幡神社の境内で』

『……急だな』

『いろいろ都合がありましてね』

『ところで、君はいったい誰なんだ。声に聞き覚えがあるような気がするが』

『ふふ……さあ、誰でしょうねえ。それも、来て戴ければ分かりますよ』

それにしても、堂に入った悪役ぶりである。和彦には演劇の才能もあるらしい。

『……分かった。四時半に八幡神社だな』

『ええ。時間厳守で頼みますよ。時間にルーズな奴とは組めませんからね』

『分かった。必ず行く』

『では』

和彦は、レコーダーを停めた。

翔香は、腕時計を見た。四時二八分だった。

「それで……誰なの、これ？」

「分からないのか？」

「……私の知ってる人？」

「中田《なかた》だよ。英文読解《リーダー》の」

翔香は、息を呑んだ。

10

「ま、さか……」

「例の三通のひとつ、美術室の見張りの結果の中に中田の名前があった」

和彦は、制服を開いて、内ポケットから、一通の封筒を取り出した。

その中にあった便箋には、幹代の筆跡で文字が記されていた。

『報告書。美術室への人の出入りについて。

一二時二二分、二年生が三人入る。二五分、出る。

一二時四五分、中田先生が入る。五三分、出る。

一二時五五分から、一年生が入ってくる。四時間目の授業のための模様。

一二時五八分、見張り終了。教室へ戻る。……て、こんな感じでいいの？』

翔香は、便箋から顔を上げた。

「……だけど、これだけじゃ……」

「ほかにも色々と、判断材料はある。中田が呼び出しに応じた事自体が、強力な傍証になるしな。それに第一、例の四通目に、中田の仕業だと、書いてあった」

和彦は、初めて『四通目』の内容を口にした。『予備知識』を翔香に与えないようにするのが基本方針だった筈だが、さすがにこの段階に至っては、秘密にする意味がないと思ったのだろう。

「でも……でも、なんで、中田先生が、私を殺そうなんてするのよ？」

「日曜日の事だろうな。それを君に知られたからだと思う。それで、びびって、中田は、月曜日と火曜日を休んだ。だが、騒ぎがない。気の回し過ぎかと思って、水曜日に学校へ出てくると、君に会った……と、言ってた筈だな？　確か」

水曜日の昼休み、図書館に行く和彦を追いかけていた時の事だ。

そう、確かあの時、翔香は、これから図書館に行く事を、中田に告げた。それを耳にした中田が、翔香の帰りを待ち構えた、ということなら、話の筋は通る。だが……。

「だが、植木鉢落としは失敗した。中田は次の機会を狙った。それが、金曜日の車だ」

「……だから、それはなぜよ。日曜日に、いったいなにがあったっていうの？　私がなにを見たっていうのよ！」

和彦は、じっと翔香を見詰め、そして短く答えた。

「レイプ」

「え……？」

「計画的だったのか、衝動的だったのか、それは知らん。日曜日に、中田は、レコード屋から帰る君を尾けて、この神社で、襲った」

すうっ、と、血の気が引いていくのが、分かった。

「う……そ……」

「それが、すべての始まりだ。君は中田に押し倒され、その拍子に後頭部をどこかにぶつけた。その衝撃と、恐怖から逃れるために、君は最初のリープをしたんだ」

「そ、んな……嘘よ……」

細かい震えが止まらない。

レイプ？　中田先生が？　……私を？

翔香は、思わず、自分の体を抱き締めていた。

では、自分のこの体は、レイプされた体なのか？　今まで気付かなかっただけで、自分のこの体は、既に汚されてしまっていたのか？

「嘘よ！」

「落ち着け、鹿島」

思わず立ち上がろうとする翔香の腕を、和彦は摑んだ。そして、耳元に、鋭く囁く。

「日曜日に、君が襲われた事は確かだ。だが、その結果は『まだ』分からない。君にとっては、『これから』の事だからだ。日曜日の空白に戻った時に、それは決定される。レイプされてしまったのか、無事に逃《に》げ果《おお》せたのか、それは、君次第だ」

「……」

「行って来い、鹿島。行って、自分の体を護り抜いて来るんだ」

だから、なのだ。だから、和彦は、翔香に護身術などを習わせたのだ。

「だけど……」

「君は、一度逃げた。時を跳んで逃げた。だが、逃げ続けるわけにはいかない。怖くても、立ち向かわなければ、いつまでたっても、君の時間は元には戻らない」

「そんなの……無理よ！」

翔香は叫んでいた。

「なぜ無理だ」

和彦の言う事は分かる。その通りだとも思う。だが、日曜日の翔香は、中田に襲われているのである。その『時点』へ戻るなど、怖くて、とてもできはしない。付け焼き刃の護身術などでは、『立ち向かう』自信にはならないのだ。

「あなたは男だから、そんな事を言えるのよ。他人事《ひとごと》だから、気楽に行って来いなんて言えるんだわ！」

「他人事？」

一瞬厳しい表情を見せた和彦は、例によって、唇の端に薄い笑いを浮かべた。

「その通り、他人事だよ。俺にとってはな。危険な目に遭うのも君だけなら、問題を解決できるのも君だけだ。好きにしろよ。逃げ続けると言うなら、それもいい。困るのは君であって、俺じゃあないからな」

その斬り捨てるような口調に、翔香は言葉を失った。

「……」

「とにかく、俺は、今から中田と対決する。自首させるか取っ捕まえるか、いずれにしろ、これ以降、君には手出しをさせない。俺にできるのは、そこまでだ」

「……」

「もう一度言う。日曜日の俺は、君を助けられない。君が、自分で、切り抜けるしかないんだ」

それだけ言うと、和彦は参道の方に目を戻した。

「……」

確かに、和彦が怒るのも無理はないかもしれない。

これまで和彦は、知恵を絞り、体を張って、翔香を助けてくれた。その上、犯人との直接対決という、危険極まりない事まで、敢《あ》えてしようとしている。本来なら、翔香が自分でやらなければならなかった事の、ほとんどすべてを和彦が引き受けてくれているのである。

それなのに、翔香本人が、翔香にしかできない事から逃げようとするのは、これは筋が通らない。

だが、しかし、それでも、それが分かっていても、翔香には決心が付かなかった。

『日曜日』の中田と対決する勇気が、どうしても持てなかった。

「奴が来た」

和彦が、低く言った。

夕陽《ゆうひ》に赤く染まり始めた境内に、英語教師の中田輝雄《てるお》が、姿を現していた。

11

「鹿島」和彦は、レコーダーをセットし直して、翔香に持たせた。「こいつを預かっていてくれ。奴とのやりとりの一切を録音しておきたい」

和彦は、鷹志に、警察に頼むには証拠が足りないと言っていた。だから、なのだ。その証拠を作るために、和彦は、こうして中田との対決を画策したのだ。

「……分かった。けど……大丈夫なの？」

翔香はレコーダーを受け取りながら、和彦を見詰めた。

「うまくやるさ」和彦は笑ってみせた。「じゃあ、行ってくる」

「気を付けて」

和彦は立ち上がり、参道の方へ歩いて行った。中田は、接近する人影に気付き、やや警戒するような体勢になった。

和彦は、中田に近寄っていく。翔香のいるところからは結構距離があり、話し声は直接届いては来なかったが、その点に関しては、便利な物がある。翔香は、レコーダーが動いているのを確認しながら、イヤホンを耳に嵌めた。

『よく来て下さいました。中田先生』

和彦の声が、イヤホンから聞こえてきた。受信状態は良好である。

『若松……？　君か？』

やや驚いたような中田の声も、入ってきた。

『ふふ……意外ですか？』

和彦は、例の、丁寧でありながら、妙に絡み付くような話し振りで応じた。ちょっとしたインテリやくざの観がある。意外に素養があるのかもしれない。

『……一人か？』

『勿論。人のいる所でできるような話なら、わざわざ呼び出したりなんかしませんよ』

『……』

『手っ取り早くいきましょう。動かぬ証拠という奴が、こっちにはあります』

和彦は言ったが、そんな物があるようなら、こんな苦労はしなくてもいい。はったりなのだ。

『……なにが欲しい。優等生の君の事だ、成績の事じゃあるまい？　金か？』

翔香は唇を噛んだ。この言いよう、とても教育者の台詞とは思えない。

『そんなもの、要りはしませんよ。……それにしても、分かりませんね。あなただったら、女に不自由はしないでしょう？　なんでわざわざ、こんな危ない橋を渡るんです？』

『……なんの事かな？』

『ここまで来て白を切るのはやめましょうよ。時間の無駄です。勿論、レイプの事ですよ』

『……衝動という奴だよ』

むしろ淡々と、中田は答えた。

『……そういう厄介な衝動は、抑えるべきじゃないですか？』

『抑えられるような衝動なら苦労しない。自分でも、困った性分だと思ってるさ』

中田は、喉の奥で笑った。

『鹿島を殺そうとしたのも衝動ですか』

『あの時は失敗した。どういうわけか、私だと知られてしまったのでね。ふふ……うちの生徒には手を出すべきじゃないな』

『それで口を塞ぐというわけですか。婦女暴行に加えて殺人……大した悪党ですね、先生も』

『それはお互い様だろう。その私を、君は脅迫しようというのだからな。いったい、君の要求はなんなんだ。……いや、その前に、まず、ものを見せて貰おうか』

ある意味で当然の要求を、中田はした。ありもしないものをあるように見せていた和彦は、それをどう躱《かわ》すつもりなのだろうか。

『それもそうですね』

見守る翔香の不安をよそに、和彦は、平然とその要求を受け入れた。

『ちょっとした写真なんですがね』

そう言いながら、和彦は制服のボタンを外し始めた。内ポケットにその証拠が入れてある。そういう仕草である。

その、時。

薄暗い境内に、ぎらりと三つの輝きが生じた。

ふたつは、中田の両眼《りょうめ》である。ぎらつくような、明らかな殺人者の眼が、光ったのだ。

そしてもうひとつは、白刃の光。どこに隠し持っていたのか、中田はナイフを引き抜き、和彦の腹に突き立てたのである。

躱す間も、身構える間もなかった。ナイフは、和彦の左脇腹を、深々と、えぐった。

「ぐはっ！」

苦痛の叫びが、イヤホンを通さないでも、翔香の耳に届いた。

「若松くん！」

思わず飛び出した翔香の前で、和彦の体は、参道の石畳の上に、崩れ落ちた。

和彦が、刺された……？

あの和彦が、過去も未来も、ほとんどすべてを見通し統御してきた和彦が……刺された？

さすがの和彦も、中田がここまでの暴挙に出るとは予測しなかったのだ。最後の最後で、和彦は判断を誤った。中田の前に、和彦は敗れ去ったのだ。

和彦は、動かない。身をくの字に折ったまま、ぴくりとも動かなかった。

信じられない。信じたくない。

翔香は首を振り、そして、悲鳴をあげた。

第八章　そして日曜日

1

頭が、痛い。まるで、後頭部が割れたようだった。

翔香は、仰向《あおむ》けに倒れていた。倒れた拍子に、地面に頭を打ち付けたらしい。

暗い。

気絶でもしていたのか、いつの間にか、あたりは真っ暗になっていた。

翔香は、体を起こそうとしたが、できなかった。手も足も、がっちりと抱え込まれていたのである。

なにか、いる。誰かが、翔香の上に、のしかかっていたのだ。

胸元に、おぞましい感触が走った。これは、顔だ。誰かが、顔を押し付けているのだ。

翔香は、激しく身もだえしたが、拘束は緩まなかった。なにか平たく堅い物が手に触れたが、それを武器にしようにも、腕を持ち上げる事ができなかった。

「くく……逃げてみろよ……」

含み笑いが聞こえた。翔香の胸元に顔を埋《うず》めている男が、翔香の奮闘をあざ笑ったのである。中田の声だった。

そうと知った時、恐怖よりも、怒りが、翔香の心を満たした。物分かりのいい教師の仮面の下で、忌まわしい所業を繰り返す中田。その秘密を守るためには、殺人さえ平然と犯す中田。そして、なにより、和彦を刺した中田。

「中田先生！　あなたって人は！」

叩き付けるような翔香の叫びに、中田は、ぎくりと顔を上げた。その顔は、プロレスラーが使うような、布製の仮面で覆われていた。

『肩が使える』

鷹志の声が蘇り、それに導かれるように、翔香は動いた。思いっきり腕を捻り、右肩を中田の顔面に打ち付けたのである。

「がっ」

弾《はじ》かれるように、中田の顔が跳ね上がった。上体の拘束が緩み、腕が自由になった。

『肘だ』

再び鷹志の声に従い、翔香は肘を打ち上げた。覆面の下、鼻のあたりを狙って。

「ぶぎゃ」

無様な悲鳴をあげ、中田は、もんどり打って倒れた。

その間に、翔香は立ち上がっていた。周囲を見回す。和彦を探したのだ。だが、参道に倒れていた筈の和彦の姿はない。

その時、翔香は、自分が手にしていた物に気付いた。平たく堅い物。それは、螢光《けいこう》堂の袋に包まれていた。CDなのだ。

と、いうことは、今は……。

「くそ……」

苦痛の呻きが聞こえた。中田だ。片手で鼻を押さえている。その手が赤く濡《ぬ》れているのは、鼻血でも出したのだろう。

中田が立ち上がるより早く、翔香は身を翻していた。そして一目散に、神社をあとにする。

今は日曜日。翔香は、また時間を遡《さかのぼ》ったのだ。

和彦は無事だ。『今』は、まだ。

2

「あら、お帰りなさい。CDは買えたの？」

家に帰ると、若子が居間から声を掛けてきた。

「……うん……」

上の空で応じながら、翔香は階段を上がった。

部屋に入ると、CDを机に放り投げ、翔香はベッドに突っ伏した。

両手でシーツを摑み、顔を押し付ける。翔香は震えていた。

鷹志のお陰で、翔香は身を護る事ができた。だから、それはいい。そんな事より、問題は、和彦の事だ。土曜日に、和彦は、中田に刺される。死ぬかもしれないのだ。

どうしたらいい？　和彦を助けるためには、どうすればいいのだろうか。

今のうちに和彦に伝えるか？　いや、それは駄目だ。時間を再構成させるからではない。『今』の和彦が、信じてくれる筈がないからだ。水曜日の和彦でさえ、翔香の話を信じてはくれなかった。その三日前ではなおさらである。少なくとも、木曜日以降の和彦でなければ、翔香の味方にはなってくれないのだ。翔香の味方には。

そう。和彦は、翔香の味方だった。冷たかろうが、思いやりがなかろうが、和彦は翔香の味方だった。この上なく頼りになる味方だった。それが……その和彦が、あんな事になろうとは。

和彦が刺されたのは、翔香の責任である。翔香が和彦を頼りさえしなければ、和彦があんな目に遭う事はなかったのだから。

なんとしても、和彦を助けなければならない。これまで何度となく、和彦は翔香を護ってくれた。今度は、翔香が和彦を護る番なのである。

そう、だからだ。だからこそ、翔香は、日曜日に戻れたのだ。日曜日に戻れば和彦を助けられる。だからこそ、中田の待ち受ける日曜日に、翔香は戻れたに違いない。

だが、その方法は？

「！　手紙……」

翔香は顔を上げた。

時間をおいて情報を伝えるために、和彦は手紙を使った。それと同じ事をすればいいのである。四通目の手紙を、鷹志に出せばいいのである。

「四通目……」

翔香は呟いた。

それが、あれだったのだろうか。金曜日の夜、鷹志が見せた四通目の手紙は、今から翔香が書こうとする手紙だったのだろうか。

いや、違う。そんな筈はない。もしそうだとすれば、あの和彦が、なんの対応策も取らない筈がない。中田にされるままになっていた筈がないのだ。

とすると、やはり、あの手紙は、和彦が言っていたように、犯人が中田だと、和彦に確信させるためのものだったのだろう。

だが、翔香が今から書こうとしている『四通目』は違う。土曜日に和彦が刺される事を、教えなければならないのだ。

それを書けば、時間が再構成される事は確実だった。

和彦と翔香が、必死になって避けていた時間の再構成。それを、今、翔香は自らやろうとしていた。

時間を再構成させねばならない。和彦が刺された『過去』など、存在させてはならない。

翔香が『四通目』を書けば、時間は再構成される。土曜日以降ではない。『和彦が刺された土曜日』があるからこそ、翔香は今こうして『日曜日』にいる。土曜日が変われば、ここにこうしている『日曜日の翔香』も変わるだろう。日曜日以降が、和彦と過ごした一週間が、すべて再構成されてしまうのだ。

だが、それでもいい。

翔香は堅く決意していた。

再構成されたあとの時間では、和彦は翔香の味方にはなってくれないかもしれない。それでもいい。和彦が助かってくれさえすれば。

3

翔香は起き上がり、鞄を手に取った。レターセットと生徒名簿を取り出そうとしたのだ。だが、それは、そこにはなかった。

『日曜日に戻った時、そこに入れとくのを忘れるなよ』

和彦の言葉が思い出された。

名簿は本棚の中にあった。レターセットは机の引き出しの中だ。レターセットの中には、封筒が六つ残っていた。

翔香は、そのうちのひとつを取り出して、宛て名に鷹志の名前と住所を書き込み、差出人の所には、前に書いた三通と同じように『連絡するまで、なにも言わずに預かっていてくれ。若松』と書き記した。

封筒に切手を貼ると、翔香は便箋を何枚か残し、残りのレターセットと名簿を、鞄のポケットの中に収めた。

それから、翔香は机に座り直した。

さて、どう書いたものか。

少し考えてから、翔香は、まず、日曜日の事について書き記した。中田が自分を襲おうとした事、それがタイムリープの発端だった事、月曜日に頭が痛かったのは、押し倒された時に地面に打ち付けたからだった事、そして、鷹志との稽古のお陰で、無事に逃れられた事……。

それから、翔香は深呼吸して、土曜日の事に筆を移した。

和彦が八幡神社に中田を呼び出す事。そして、和彦が内ポケットに手を入れた時、中田がナイフで和彦の腹を刺した事。

『……中田先生は、あなたが考えているより、ずっと恐ろしい人よ。お願いだから、直接対決しようなんて考えないで。私の事なら大丈夫だから。時間が再構成されてしまっても、自分でなんとかしてみせるから。だから、逃げて。あなたを死なせたくないの。』

翔香は筆を置いた。便箋を折り畳み、封筒に入れて封をする。

それから、近くのポストに投函するために、家を出た。

既に夜中である。この手紙が郵便局に回収されるのは月曜日になるだろう。それから、鷹志の家に届き、鷹志の手を経由して、金曜日の夜に和彦の手に渡る筈である。

翔香は『四通目』を書いた。それは時間を再構成させる筈である。だが、いつ、どんな風にして、それは起きるのだろうか。

『四通目』を書き終えても、別に変化はなかった。それをポストに入れても、同じだった。それとも、変化が起こるのは、『四通目』が和彦の手に渡ってからなのだろうか。金曜日まで待たなくてはならないのだろうか。

しかし、『金曜日』も『土曜日』も、今のこの『日曜日』に収斂《しゅうれん》する筈である。とすれば、やはり、再構成は『日曜日』から始まる筈だ。ひょっとすると、既に再構成は始まっているのだろうか。ただ、翔香が気付かないだけなのだろうか。

翔香には分からなかった。あるいは、また、どこかに見落としがあるのかもしれない。

和彦がいれば訊ねる事もできた。そして和彦は、これまでのように、理路整然と、明快な答えを与えてくれた事だろう。だが、もう和彦はいない。『翔香の相談に乗ってくれる和彦』は。

4

帰宅した翔香は、すぐに風呂に入った。体に中田の手の感触が残っているような気がしてたまらなかったからだ。

翔香は、時間を掛けて、念入りに体を洗った。お陰で、体はさっぱりしたが、体が温められたためか、後頭部の痛みが一層激しくなった。

おそるおそる手を触れてみると、熱を持っていた。ぶよぶよと、妙にやわらかい感じさえする。鷹志の指導を受けたあとの翔香なら受け身をとる事もできたのだが、押し倒された時の翔香は、まだ受け身のうの字も知らなかったのである。

だが、その衝撃がなければ、翔香のタイムリープはなかったかもしれないのだ。

もし、そうだとするなら、頭をぶつけたのは、むしろ幸運だったのだろう。タイムリープがなければ、翔香は中田を撃退する術《すべ》を知らぬままだったのだから。そして、なにより、和彦との時間を過ごす事もできなかったのだから。

とはいうものの、耐え難い痛みだった。ただでさえ、気が高ぶっているというのに、こんな痛みを抱えていては、眠る事などできはしない。

だが、眠らない限り、翔香はタイムリープできない。理屈で考えれば、眠らなくても、月曜の朝になる前にリープできる筈だが、そんな長い時間を、この痛みを抱えたまま悶々《もんもん》としてはいられなかった。

睡眠薬でもあればいいのだが、そんな、医師の処方箋が必要な薬は、急場には間に合わない。そこで、翔香は、英介《えいすけ》に頼む事にした。

「お父さん。お酒、少し貰ってもいい？」

「なに言い出すの、この子は」

脇で聞いていた若子は呆れたが、英介は、

「翔香も、そんな歳《とし》になったかね」

と、なにやら嬉《うれ》しそうな顔をして、戸棚からブランデーとグラスを取り出してきた。

「そんな歳って、まだ一七ですよ？　それに、明日は学校だってあるのに……」

眉をひそめる若子に、翔香は手を合わせた。

「ちょっとだけ。なんか、寝付けなくて」

「まあ、堅いこと言うな。俺も、娘と酒を飲むってのを、一度やってみたかったんだ」

英介の方は、氷まで自分で用意してきて、すっかりその気である。

「飲み過ぎて二日酔いになったって知りませんからね」

若子は警告するように言ったが、

「じゃあ、なにかおつまみを持ってくるわ」

と、台所に向かったところを見ると、英介と同じような気持ちもあったようである。

気が高ぶっているせいか、酔いはなかなか回ってこなかった。むしろ、血行が良くなったためか、頭の痛みが増したような気もする。

それでも、飲み続けるうちに、心地よい疲れのようなものが体を満たし、瞼《まぶた》が重くなってきた。

「翔香、眠るなら、ベッドに入ってからにしなさい」

「うん……」

若子の言葉に、翔香は、けだるく応じた。

これで、眠れる。目が覚めれば明日だ。

明日……。翔香の『明日』は、果たして『いつ』なのだろうか。

時間が再構成されるとは、具体的には、どういう事なのだろうか。月曜日、火曜日、水曜日と、これまで過ごした日々を、もう一度、今度は順を追って、新たに過ごしていくのだろうか。それとも、『再構成されたあとの土曜日』に、直接リープするのだろうか。

翔香には分からない。また、そんな事はどちらでもいい。和彦が刺されずにすめば、それでいいのだ。

どうか、若松くんが無事でありますように……。

そう願いながら、翔香は目を閉じた。

5

空が赤い。夕陽に染まっているのだ。

それを漫然と眺めていた翔香は、はっと気付いて、あたりを見回した。

黒々とした木々。そして、鳥居、参道。ここは八幡神社だった。

『今』は、月曜日の朝ではなかった。土曜日の夕方だった。翔香は、また、時間をリープしたのである。

だが。

なにもかもが、同じだった。翔香の目に映るものは、なにもかもが、リープする前と同じだった。

参道には、和彦が倒れていた。そして、その前には、ナイフを手にした中田がいた。

「そんな……」

呆然《ぼうぜん》と、翔香は呟いた。

警告の手紙を、翔香は確かに出した。なのに、なぜ。

手紙が届かなかったのだろうか。それとも、やはり『自然の復元力』なるものが存在して、時間の再構成を妨げたのだろうか。和彦は、どうあっても刺される運命だったのだろうか。

「嘘よ……そんな筈ない……」

翔香は、首を振った。そうだ、これは夢だ。土曜日ではない。夢を見ているのだ。ブランデーなど飲んだから、悪い夢を見ているのだ。

「……鹿島？」

中田が、ちょっとした驚きの表情を見せた。そしてそれが変わる。残忍で、禍々《まがまが》しい殺人者の顔に。

「ちょうどいい。両方一遍に片付くわけだ」

中田は含み笑いをした。

「夢よ……夢だわ……これは、夢よ……」

翔香は首を振る。

「君には、なにかと、てこずらされた」

中田が、ナイフを握り直した。そして、ゆっくり近付いてくる。

早く……早く……醒《さ》めてよ……。

翔香は、じりじりと後ずさった。

「だが、君の騎士《ナイト》はもういない」中田の両眼が、かっと見開かれた。「これで最後だ！」

あ……また……跳ぶ……。

そう思った瞬間。

「そうかな？」

黒い影が、翔香と中田の間に、滑り込んできた。

がっしりした骨組み。広い背中。関鷹志である。格技場に残っていた筈の鷹志が、まさにこの瞬間に現れたのだ。

「関くん？」

驚く翔香を背に庇《かば》いながら、制服姿の鷹志は、中田に言った。

「殺人未遂の現行犯だ。……こういう場合は、一般人にも逮捕権があるって事、先生はご存じですかね？」

「ち」

舌打ちした中田は、問答無用とばかりに、鷹志に襲いかかる。だが、相手が悪かった。

「往生際が悪いぜ、先生」

振り回されるナイフを余裕を持って躱した鷹志は、左手で、中田の右腕を、がっちりと掴んだ。そして、鷹志の右手が、中田の襟首を掴んだと見えた次の瞬間、中田の体は宙に舞っていた。

強烈な投げ技だった。背中から地面に叩きつけられた中田は、

「ぐふっ」

と、ひと声あげただけで、ぐったりと動かなくなった。気を失ったのである。

「喧嘩《けんか》を売るなら、相手を見てからにしなきゃな、先生」中田を見下ろした鷹志は、翔香を振り返った。「……怪我はないね？」

「ええ……。だけど……どうして、関くんがここに？」

「若松に蔭供《かげとも》をおおせつかったのさ。きっとこうなるから、君を護ってくれってね」

だが、その言葉を、翔香は最後まで聞いてはいなかった。『若松』という言葉を聞いただけで、反射的に駆け出していたのである。

「若松くん、若松くん！」

翔香は、和彦のそばに座り込み、ぴくりとも動こうとしないその体を揺さぶった。

「しっかりして！　目を開けてよ！　死なないで！　死んじゃいやよ！」

「心配しないでいいよ、鹿島さん。気絶してるだけだからさ」

落ち着いた口調で、鷹志は言った。

「気絶してるだけって……だって、おなかを刺されたのよ？」

「腹だから、大丈夫なんだ」

妙な事を鷹志は言い、ハンカチにくるんだナイフを、翔香に見せた。中田から取りあげたナイフである。

「ほら、血なんか付いてないだろう？」

確かにその通りだった。慌てて和彦の腹のあたりを調べたが、そこにも血の跡は見られなかった。

「ちょっと待ってな。今、活《かつ》を入れる」

鷹志はナイフを置き、和彦の上体を起こした。背中に膝をあてがい、ぐっと、胸を開くようにする。

「うっ……」

和彦の唇から、呻き声が漏れた。

生きている。和彦は、生きているのだ。

和彦の目が、ゆっくりと開いた。

「……どうやら……うまくいったようだな……」

あたりを見回した和彦は、うっすらと笑った。いつも通りの、どこか皮肉めいた、からかうような笑みだった。

「若松くん……」

翔香は、安堵《あんど》のあまり、その場にへたり込んでしまった。

「な。だから、心配する事ないって言ったろ？」

鷹志が、翔香に笑顔を向ける。

「だけど……なんで？　なんで大丈夫だったの？」

中田のナイフは、確かに和彦の腹をえぐったのだ。まるで、魔法でも見せられているかのようだった。

「腹に来る事は分かってたからね」

和彦は言いながら、制服を開き、ワイシャツを捲《まく》り上《あ》げた。和彦の腹は、真っ白なさらしで、ぎちぎちに固められていた。それだけではない。その隙間には、空き缶を潰したものが、いくつも挟み込んであったのである。

「『車に乗る奴』も観《み》たって言ったろ？」

和彦は、翔香に向かって、片目をつぶってみせた。

『四通目』は、ちゃんと和彦に届いていたのだ。和彦は、腹を刺される事も知っていたのだ。知っていながら中田と対決し、敢えて刺されてみせたのだ。

あの時、柔道部室で、和彦と鷹志が話し合っていたのもこの事だったのだ。単に中田と対決するという事だけでなく、和彦は、わざと刺されてみせる事まで、鷹志に教えていたのだ。だから、鷹志は、危険だと言ったのだ。翔香が考えていたより、一段上の次元で、和彦と鷹志の相談はなされていたのだ。

唖然《あぜん》とした翔香だったが、そのうち、むらむらと腹が立ってきた。

「だったら……なんだって、そう言っといてくれなかったのよ！　私がどれだけ心配したか……どんな思いだったのか……それを……この、馬鹿！」

翔香は、和彦に摑み掛かった。

「教えるわけにはいかなかったんだよ。その理由は分かるだろう？」

翔香の手から逃れようとしながら、和彦は言い訳するように言った。

「いつもいつもそうやって、自分だけで……もう、知らないから！」

ぽかぽかと和彦を殴りつける翔香の目に、涙が溢《あふ》れてきた。

「おい、やめろよ、やめろって」

そんな翔香を、持てあますようにしていた和彦だったが、やがて、抵抗をやめ、されるままになった。

涙が止まらなかった。翔香は、和彦の胸に顔を押し当て、泣きじゃくった。

和彦が、そっと言った。

「……心配かけて、すまなかった」

「ううん……良かった……生きててくれて……」

翔香は、和彦の胸の中で、何度も何度も首を振った。

6

「ごほん」

わざとらしい空咳が聞こえた。

「仲が良いのは結構ですがね。ここにも一人いる事を、忘れちゃいませんか？」

慌てて和彦から離れると、鷹志が、にやにやと笑っていた。

翔香は真っ赤になった。

「とにかく、一回顔を拭きなよ。洟《はな》と涙で、ぐちゃぐちゃだ」

鷹志はポケットから、ハンカチをもう一枚取り出すと、翔香の手に握らせた。

「ありがと……」

翔香は洟を啜りながら、涙を拭った。

「立てるか？」

「ああ」

鷹志に促され、和彦は立ち上がろうとしたが、

「う……」

途中で顔を歪めて動きを止めた。刺されはしなかったものの、やはりなにがしかのダメージはあったのだ。

「若松くん！」

「大丈夫だ」

慌てて支えようとする翔香に、和彦は頷いてみせたが、その表情は苦しげだった。

鷹志は、鋭い目付きで、和彦の様子を観察していたが、別に大した事はないと判断したのだろう。表情を緩めた。

「あんなんで気絶するたあ、ちと、だらしないぜ。もう少し、腹筋を鍛えとけ」

「そうするよ」和彦は苦笑した。「気絶といえば……あれも気絶してるのか？」

中田の事である。

「ああ、もうしばらく、あのままにしといた方がいいだろう。……しかし、まさかなあ……今でも信じられないぜ」

鷹志は、首を振った。

「信じられなくても、信じたくなくても、信じざるを得ないという事はあるさ」

和彦は答えた。その言葉は、中田の事だけを指しているわけではなさそうだった。

「それで……このあと……どうするの？」

翔香は、中田の方を見ないようにしながら、鷹志と和彦の双方に訊ねた。

答えたのは鷹志だった。

「とりあえず、親父に電話するよ。すぐ来てくれるだろう」

そういえば、鷹志の父親は刑事だと、和彦が言っていた。

「そうしてくれるか？」

「最初からそのつもりだった癖に、よく言うぜ。まあ、根掘り葉掘り訊かれるだろうが、なんとかなるだろ。野放しにしてはおけないからな。それにしても……」鷹志は笑いながら翔香を見た。「折角の護身術も、使う暇がなかったね」

翔香は首を振った。

「そんな事ない。ありがとう、関くん」

鷹志は妙な顔をしたが、すぐに表情を改めて、和彦に言った。

「とにかく、俺は今から、親父に電話してくる。その間、中田を見ててくれ。すぐそこの公衆電話だから、目を覚ますようだったら、大声で俺を呼べよ」

「分かった」

和彦が頷くと、鷹志は小走りに神社を出て行った。

「ほんとに、体、大丈夫？」

翔香は、和彦を見上げた。

「ああ」

和彦は答えたが、苦痛を堪《こら》えているのは一目瞭然だった。

「私の肩、使って」

「いいよ」

「意地張らないで」

「本当に大丈夫だ。そんな事より、君に預けたレコーダーはどうした？」

「あ、いけない。置いてきちゃった」

慌てて飛び出した時に、取り落としたままだったのである。

「おいおい……」

「ごめん。すぐ持ってくる」

翔香は急いで茂みの方に戻り、レコーダーを拾い上げた。まだ、録音を続けていたので、スイッチを切ってから、和彦に渡す。

和彦はポケットからケースを取り出し、録音済みのテープを、その中に収めた。

「ところで、鹿島。関がいないうちに確認しておきたいんだが、ちゃんと、日曜日は全部すませて来たんだろうな？」

「ええ」

「なら、これでゲームセットだな。君の冒険も、これで終わりだ」

「本当に？」

「ああ。そもそもの原因をこうして叩き潰したんだ。空白も全部埋まったし、もう跳ぶべき『時間』はない。あとは、普通通りに、時間を過ごせる筈だ」

「……そう……」

「これで俺も、ようやく厄介事から解放される」

「……」

翔香は無言のまま、和彦を見詰めていた。

これで、終わりなのだろうか。『タイムリープ現象』が解決してしまえば、こうして和彦と過ごす時間も終わってしまうのだろうか。

7

しばらくして、鷹志が戻ってきた。

「どうだった？」

「怒られたよ。無茶な事するなってな。だけど、とにかく来てくれるそうだ」

「そうか。じゃあ、今のうちに引き上げよう」

「おいおい、当事者がいなくなってどうする」

「お前に代理を頼むよ。取り調べは苦手だ」

「俺だって、得意なわけじゃない」

　鷹志は顔をしかめた。

「だから頼んでいるんじゃないか。お前から親父さんに、うまく言っといてくれ。できれば、俺や鹿島の名前も出して欲しくはないんだが……さすがにそれは無理だろうな」

「あれを」鷹志は、中田をちらりと見た。「ぶち込むつもりならな」

「だろうな」和彦は肩を竦めた。「まあ、それは我慢するが、今日は勘弁してくれ。俺も鹿島も、今は気が高ぶっている。事情聴取なんか受けられる状態じゃない」

　その台詞を、いつも通りの平静さで、和彦は口にした。

「説得力がねえよ、若松」鷹志が苦笑する。「しかし、鹿島さんの方は確かにそうだな……。分かった。面倒事は全部俺が引き受けりゃいいんだろ？」

「すまん。……ああ、それから」和彦は、例のテープを、鷹志に差し出した。「これを渡しとく。中田を呼び出した時のやりとりと、ここでの一部始終を録音してある。録音テープなんてものに証拠能力がない事は知ってるが、親父さんの信用を得るくらいの役には立つだろう」

「分かった。預かるよ」鷹志は、テープをポケットに収めた。「それじゃあ、鹿島さん。その色男の面倒を見てやってくれ。まあ大丈夫だとは思うけど、一応、腹の手当もね。こいつの家は、すぐ近くだからさ」

「ええ」

翔香が頷くと、和彦は首を振った。

「要らん。子供じゃないんだ。自分の事ぐらい自分でできる」

「ほおう……そうかい」

しげしげと和彦を眺めた鷹志は、いきなり、ぼんと、和彦の腹を殴り付けた。ごく軽い打撃だったが、今の和彦には、たまったものではない。

「ぐっ」

和彦は、息を詰まらせ、身を折った。

「ちょっと、関くん！」

翔香は慌てて、崩れそうになる和彦の体を支えた。

「やっぱり、こいつには、君の助けが要るらしいよ」

鷹志は、翔香にむけて、片目をつぶってみせた。

「……な……んて……こと……しやがる」

左の脇腹を右手で押さえ、和彦は呻いた。

「じゃあ、鹿島さん。あとはよろしく。この馬鹿の言う事は聞かなくていいからね。聞き分けのない事言いやがったら、腹のひとつも撫でてやんな。そうすりゃ、おとなしくなるからさ」

「せ……き……お前……覚えてろよ……」

和彦は鷹志を睨《にら》みつけたが、鷹志はどこ吹く風である。

「ほらほら、ぐずぐずしてると、逃げられなくなるぜ。なにしろ、日本警察のレスポンスタイムは世界一だからな」

終章　おわりははじめに

1

「ふうん……ここが若松くんのお家《うち》なんだ……」

翔香は、しげしげと、その家を眺めた。

二階建ての、こぢんまりした建て売り住宅だった。台所があると思われる窓からは、明かりが漏れている。

空はもう暗くなっていた。八幡神社から和彦の家までは、確かに近かったが、和彦の足取りがあまりにゆるやかだったため、思ったより時間が掛かったのである。

やはり、脇腹が痛むらしい。しかし、翔香が肩を貸そうとしても、和彦は、決して首を縦には振らなかった。

「ほんとに、強情なんだから……」

その和彦は、玄関の前に立つと、大きく深呼吸し、前屈《まえかが》みになっていた姿勢を、気合とともに正した。

「どうしたの？」

「妹にばれるとうるさい」

和彦は苦痛の表情を押し隠して、ドアを開けた。

「ただいま」

「お帰りぃ」

弾むような声が返って来て、ぱたぱたと、スリッパの音が近付いてきた。現れたのはショートカットの可愛らしい女の子だった。エプロンをつけているところを見ると、料理でもしていたらしい。

「あれ？」翔香を見て、目を丸くする。「めーずらし。お兄ちゃんが、女の人を連れてくるなんて」

「やかましい」

和彦は、邪険に答えて、靴を脱いだ。廊下にあがりかけて、一瞬、動きをとめる。痛みが走ったに違いないが、和彦は、それを面《おもて》には出さなかった。

「あの……、私、妹の美幸《みゆき》です」

和彦の妹は、ぺこりとお辞儀をした。

「あ、鹿島翔香です。お兄さんには、いつもお世話になってます」

翔香が挨拶を返すと、和彦は小さく笑った。

「まったくだ」

この一週間の事を振り返ればまさしくその通りだが、いかにも和彦らしい台詞である。翔香は、肩を竦めた。見ると、美幸も同じように肩を竦めている。

翔香と美幸は、お互いの動作を認めて、ともに顔をほころばせた。

「お兄ちゃん、いつもこの調子だから、困っちゃうの」

「大きなお世話だ」

和彦は憮然《ぶぜん》と答え、階段に向かった。

「お邪魔します」

翔香は、美幸に軽く会釈して、靴を脱いだ。

二階への階段は、かなり急だった。今の和彦には、のぼるのはつらいだろう。

「大丈夫？」

美幸を気にしながら囁くと、和彦はからかうように言った。

「そっちこそな」

「なんの話？」

怪訝な顔をする美幸を、和彦は振り返った。

「鹿島には、階段を見ると落ちたくなる癖があるんだよ」

「え？」

「そうじゃなくて」翔香は、慌てて手を振った。「ちょっと、おっちょこちょいなだけ」

「ふうん……」美幸は、おかしそうに笑った。「それじゃ、落ちてもいいように、クッションでも用意しとこうか？」

2

やはり、今の和彦には、この階段は相当つらいようだった。ほとんど一段上がるごとに、苦痛に身を震わせている。

「肩を貸すわ」

「いい。それより、美幸が来たら教えてくれ」

どこまでも強情な和彦だった。

脇腹を押さえながら、やっとの事で二階まで上がると、和彦は壁に背をもたせ掛けて、しばらく肩で息をついた。

二階には、階段からまっすぐに短い廊下が伸びていて、右手と正面に、ドアがひとつずつあった。正面にあるのは、美幸の部屋のようだ。ドアに掛けられた『KNOCK PLEASE』という札が可愛らしい。

あれ？

どこかで見た事がある。翔香は思った。どこかでこんな光景を、確かに見た。これが既視感《デジャ・ヴ》というものだろうか。

「こっちだ」

和彦は右手のドアを開けて、中に入った。

落ち着いた感じの部屋だった。窓際の机、壁にずらりと並んだ本棚。そしてベッド。いずれも、あるじの性格を反映しているかのように、整然と片付けられていた。家具の色は、どれも、黒かグレイだった。カーテンや絨毯《じゅうたん》まで、モノトーンで統一されている。

「……」

「どうした？」

立ち尽くす翔香に、和彦が怪訝な顔を向けた。

「う、ううん……なんでもない」

翔香は首を振った。

和彦は鞄を机の上に置くと、ベッドに座り込んだ。そして、苦しげに息を吐く。

「……おなか見せて」

「手当なら自分でやるよ」

「見せて」

「いいって」

「見・せ・な・さ・い。さもないと……」

翔香が拳を固めてみせると、

「……あの野郎、余計な事を教えやがって……」

和彦は諦めたように、溜息をついた。

制服を脱ぎ、ワイシャツを捲り上げる。それから、和彦は、ぎっちりと巻き付けたさらしを、ほどき始めた。

締め付ける力が緩んだからだろう。さらしが解《と》かれるにつれて、和彦の顔に苦痛の色が濃くなっていく。

「手伝うわ」

見かねて、翔香は、ベッドの脇に膝を突いた。

くるくると、手早くさらしを巻き取ると、その間から潰した空き缶が転げ落ちた。一個、二個、三個、四個……。どれも新しく、桃や蜜柑《みかん》やパイナップルが描かれている。そのうちの蜜柑に、大きくはないが、深いへこみが出来ていた。ナイフの跡だ。それと同じ形の痣《あざ》が、和彦の脇腹に浮かび上がっている。凝縮されたような色合いの、青黒い痣だった。

「ひどい……」

そっと指先で触れてみる。

「うぐっ」

途端に、和彦が身を硬直させた。

「ごめんなさい」

「もう少し、優しくしてくれよ」文句を付けながら、和彦は自分でも点検する。「色はひどいが……大した事はなさそうだな」

「少し、熱を持ってるみたいよ。冷やした方がいいのかな……」

「場所は悪いが、要するに打撲だしな。……さっきの湿布薬を出してくれよ」

「うん」

翔香は、途中の薬局で買い込んできた、匂いのしない湿布薬と包帯を、鞄から出した。

湿布薬を、ぺたりと和彦の脇腹に張る。

「じゃ、ちょっと、ワイシャツを持ち上げててね。剝がれないように、包帯を巻いておくから」

「……分かった」

和彦の腹に包帯を巻き付けながら、翔香は訊いてみた。

「それにしても……どうして逃げなかったの？」

「時間を再構成させて、それでもなお君を助けられると思うほどの自信は、さすがに持てなかった」

『和彦が刺される過去』、それがあったから、和彦は『刺されなければならなかった』のだ。和彦がそれを回避すれば、時間は再構成されてしまった筈である。だから和彦は、刺される事を前提とし、その上で自分の身を護る方策を練ったのだ。

「それにしたって……」

腹を刺される事が分かっていたにしても、さらしと空き缶がそれを食い止めてくれるという保証はなかった筈だ。現に、和彦は、こうしてかなりのダメージを受けてしまっている。

「さすがに、少し覚悟が要ったけどな。だけど、君に逃げるなと言ったのに、自分だけ逃げるわけにはいかないじゃないか」

「……」

なんと言っていいか分からなかった。

あの時……翔香が『他人事だと思って』と言った時も、和彦は自分が刺される事を知っていたのだ。腹に来る事が分かっていたとは言うが、未来も過去も不変ではない。本当に刺されてしまう可能性も絶無ではなかったのに、それなのに、和彦は逃げなかったのだ。

時間を再構成させないために。翔香を助けるために。なにも分からずに、和彦を非難さえした翔香のために。

3

とんとんとん。軽快に階段を上がってくる音が聞こえた。

「美幸だ」

和彦は、急いでワイシャツを直し、さらしと空き缶を制服の下に隠した。

「お邪魔しまあす」

美幸は、手にしたお盆を掲げるようにして、入って来た。

「ほら、お兄ちゃん。テーブル出してよ」

「あ、私が」

和彦を動かせたくなかったので、翔香は立ち上がり、隅にあった小テーブルを、部屋の中央に運んだ。

「あ、すいません」

そう言いながら、美幸は、小テーブルの上に、運んできたものを載せた。

「なんだ、これは」

和彦が呆れたのは、それが、大きなガラスのボウルに盛り上げられた、果物の山だったからである。

「なんだじゃないわよ。片っ端から缶詰開けちゃってさ。早く食べないと駄目になっちゃうから、責任持って片付けてよね」

「分かったよ」

和彦が苦笑を浮かべた時。

とぅるるる……。階下でベルが鳴った。

「あ、電話だ」

美幸は立ち上がり、階段を駆け降りていった。くるくると、本当によく動く。

「可愛らしい妹さんね」

「兄を兄とも思わない奴だけどね」

「お兄ちゃんによ」階下から、美幸が声を張りあげるのが聞こえた。「関さんから」

翔香と和彦は、顔を見合わせた。

4

「もう。少しは自分で動きなさいよね」

そう文句を言いながらも、美幸はコードレスホンの子機を運んできてくれた。

「ご苦労。下がっていいぞ」

「偉そうに」

美幸が部屋を出ていくのを待って、和彦は子機を耳に当てた。

「俺だ。今どこにいる？　……そうか」和彦は、いったん送話口を塞ぎ、翔香に伝えてくれた。

「警察署にいるそうだ」

「……それで、どうなったのかしら？」

「それを、今から教えてくれるらしい」

「私にも聞かせて」

いちいち中継して貰うのもまどろっこしいので、翔香は、和彦の横に座って、受話口の裏側に耳を当てた。その体勢に、和彦はやや困惑の色を浮かべたが、結局なにも言わず、鷹志との会話に戻った。

「……それで、どうなったって？」

『中田は取調室だよ』

やや遠いが、ちゃんと鷹志の声が聞こえた。

「じゃあ、警察は、お前の言う事を、額面通りに受け取ってくれたのか？」

『まあな。少なくとも、殺人未遂は明らかだ。指紋のついたナイフもあるしな』

「もうひとつの方は？」

『それなんだけどな。ほら、最近新聞にも載ってただろ？　連続婦女暴行事件ってのがさ。どうも、それが中田の仕業らしい』

「……ほう」

和彦は、さして驚いた風もなく相槌を打った。中田の話し振りからしても、これまでにも何人も犠牲者がいたらしい事は分かっていたのだ。

『でな、これは、捜査上の機密とかで、親父もはっきりとは教えてくれなかったんだが、どうも、警察の方でも、中田には目を付けてたらしいぜ』

「本当か？」

『少なくとも、何十人だか何百人だかの候補の中にはあったそうだ。まあ、親父も、税金泥棒と言われないだけの仕事はしてたわけだ。……そういうわけで、まず間違いなく、中田は取っ捕まるだろう』

「そうか……。それを聞いて、ほっとしたよ」

『それで、親父が言うには、一度、お前と鹿島さんにも事情を訊かせて欲しいってんだが、構わないだろうな？　親父の方から出向くそうだし、勿論、新聞にも学校にも、知らせないようにするそうだから』

ちらりとこちらを見た和彦に、翔香は頷いてみせた。

「分かった」

『そうか。じゃ、せいぜい分かりやすいように、事の推移を順序よくまとめておいてくれ』

「順序よく……か、それは少し難しいな」

和彦は翔香に視線を向けたまま、悩ましげな顔をする。

『それから、俺への説明も忘れるなよ。なんで刺されるのが腹だと確信できたのか、不思議で仕様がない』

「分かったよ。親父さんには順序よく説明するし、お前には全部教える。ただし、信用できるかどうかまでは、保証しない」

『意味深《いみしん》な事を言うぜ。まあ、楽しみにしてる。じゃあ、鹿島さん』

「はいっ」

鷹志は、この電話を翔香が一緒に聞いている事に、気付いていたらしい。いきなり名前を呼ばれて、翔香は飛び上がってしまった。

『その馬鹿の事を、よろしく頼むよ。それから若松』

「なんだ」

『突っ張るのもいいが、たまには負けろ。その方が、人間が大きくなるぜ』

それで、電話は切れた。

つーっ、つーっ、という電子音を奏でる受話口を、和彦は、しばらく見詰めていたが、ややあって、苦笑を漏らした。

「利いた風な事を……」

それから、子機のスイッチを切り、翔香に向かって両手を広げてみせた。

「これで、本当に片が付いた。ザッツオールフィニッシュってわけだ」

「……そうね」

翔香は、曖昧に頷いた。

そうではないのだ。和彦に分からないのは当然だが、まだ、もう一幕残っているのである。だが、それは……。

5

用済みになった電話だが、そう度々、美幸を煩わせるわけにもいかない。翔香は子機を戻しに、階段を降りた。

「これ、どこへ戻せばいいの？」

台所の美幸に訊ねると、

「もう、お兄ちゃんたら、お客さんにこんな事させて」

そう言いながら、美幸は子機を受け取り、台所の隅の親機に載せた。

「今、お茶いれようと思ってたんだけど、鹿島さん、コーヒーと紅茶とどっちがいい？」

「あ、ごめんなさい。私がやるわ」

「お客さんにそんな事させるわけにはいかないもの」

そんな押し問答の末、結局二人で協力する事になった。

電動ミルで豆を挽《ひ》き、コーヒーメーカーをセットする。

やがて、コーヒーメーカーは、こぽこぽとさえずりだし、台所にいい香りが広がった。

「お兄ちゃん、ブラックが好きなのよ」

カップにコーヒーを注《そそ》ぎながら、美幸は言った。

「そうみたいね」

翔香が答えると、美幸は窺うような目付きになった。

「ね、鹿島さん」

「なあに？」

「お兄ちゃんと……いつ頃から付き合ってるの？」

ややためらってから、翔香は答えた。

「……一週間くらい、かな」

「お兄ちゃんってさ、いつもあんなだけど、見捨てないでやってね。あれでも、いいところもあるんだから」

「……ええ」

翔香は頷いた。

ふたつのカップをお盆に載せる。それを運ぼうとして立ち止まり、翔香は振り返って、美幸に頼んだ。

「クッションとか座布団とか、余分なのがあったら、少し借りてもいいかな?」

「あれ? お兄ちゃんの部屋になかった?」

「あったけど、ちょっと別の事に使いたくて」

「別の事?」美幸は首を傾げたが、先程のやり取りを思い出したのか、ちらりと笑った。「やっぱり、階段の下にでも置いとくの?」

「うん」

からかうつもりの台詞に真面目に頷かれて、美幸は目を丸くしていた。

6

和彦は、机の前に腰掛けていた。机の上には、例のスケジュール表が広げられている。

「なにしてるの？」

机の端にコーヒーカップを置きながら、翔香は訊ねてみた。

「順序よく説明するにはどうしたらいいのかと思ってね……ああ、ありがとう」和彦はカップを取り上げて、ひと口すすった。「……なかなか、厄介だよ」

「でしょうね」

翔香は、心の底から同意した。

「やっぱり、植木鉢からかな。それで車……。変だと思って調べ始めたら、中田の事に気付いて……どうやって気付いた事にしようか……」

翔香は、コーヒーをひと口飲んだ。それから、そっと、深呼吸する。

「ね、若松くん」

「うん？」

翔香は手にしていたカップを机の端に置くと、和彦に向き直った。

「今度の事は、これで終わったかもしれないけど……。また、何か怖い事が起こったら、再発する可能性はあるんでしょ？」

「その時は、また言いに来いよ。手を貸してやる」

「起こってからじゃ、手遅れかもしれないじゃない」

「それじゃ、なにか？ 俺は、これからもずっと君のそばについてなきゃいけないのか？」

和彦は椅子を回し、からかうように、翔香の顔を見上げた。

「駄目？」

翔香は、じっと、和彦の目を見詰めた。

「……鹿島？」

和彦は、驚いたように、翔香を見返した。翔香は目を逸《そ》らさない。和彦の視線が、ちょうど『思考時間』に入った時のように鋭くなったが、それでもまだ目を逸らさなかった。

ややあって、和彦の表情が緩んだ。

「危なっかしくて、とても放《ほう》っておけないな」

肩の力が抜けたような、どこか晴れ晴れとした笑顔だった。

「ほんと？」

「嘘はつかない」

「じゃ……」翔香は、頬が火照るのを感じながら、言った。「態度で示して」

「？ 指きりでもしろってのか？」

翔香は首を振り、目を、閉じた。心持ち唇を上向ける。

「鹿島……？」

和彦の驚いたような声が聞こえたが、翔香は動かなかった。ただ、じっと待った。

頬が熱い。体が熱い。羞恥に心と体を震わせながら、翔香は待った。

和彦の立ち上がる気配がした。

どこまでも際限なく高まっていく胸の鼓動を感じながら、翔香は、その時を、待った。

おまけ

翔香は転げ落ちた。

どたたたたっ、と、お尻で弾みながら階段を降り、最後にクッションの上に着地する。

「いたたた……」

「ど、どうしたの？」

飛んできた美幸が、スカートの上からお尻をさすっている翔香を見て、目を真ん丸に見開いた。まさか本当に落ちてくるとは思わなかったのだろう。

「鹿島さん……いったい、なにやってるの？」

そう問われても、ちょっと説明のしようがない。

「えっと……」

返答に困っていると、

「だから言ったろ。それが鹿島の趣味なんだよ」

階段の上から、和彦の声が聞こえてきた。

左の脇腹を右手で押さえた和彦が、一段一段、踏み締めるように、階段を降りてくる。

「あ」

慌てて立ち上がろうとする翔香を、和彦は目顔《めがお》で抑えた。苦痛があるに違いないが、それを美幸に悟らせたくないのだろう。

「趣……味？」

「ああ、そうだ」

訝《いぶか》しげな美幸にからかうような調子で答えた和彦は、立ち上がるタイミングを逸した翔香に、目を戻した。

「どうやら、怪我はなさそうだな」

翔香の下にあるクッションに気付いたのだろう、和彦は、ちらりと笑い、それから、翔香に左手を差し出した。

「お帰り、鹿島」

「……ただいま」

翔香は、和彦の手を取り、そして微笑んだ。

これで、本当に全部終わった。

タイムリープ現象は完結し、翔香の時間は元に戻ったのである。

これから自分と和彦がどうなっていくのか、翔香は知らない。

だが、だからこそ、翔香は自由なのだ。過去にも未来にも拘束される事なく、自由に生きていけるのである。

そんな翔香と和彦を交互に見ながら、美幸はしきりに首を捻っていた。

「なにがなんだか、全然分かんない」

［おしまい］

『タイム・リープ』の思い出

今、手元に『タイム・リープ』の単行本があります。

しっかりした造りのハードカバー。ページも完全な白ではなくて、うっすらクリーム色。当時の編集さんが紙選びからこだわって下さったのを、懐かしく思い出します。

イラストを手掛けて下さったのは、衣谷遊《きぬたにゆう》先生。

そして発行年は……1995年。

この数字、単体で見る分にはさほどでもないですが、2022からの引き算をしようとすると、軽くクラッとしますね。

◆

僕のデビュー作は『クリス・クロス』でしたが、これを第一回の電撃ゲーム小説大賞に応募して、その結果が判明するまでの期間に書き始めたのが、この『タイム・リープ』でした。

『時をかける少女』を筆頭として、もともと時間ものSFは好きだったのですが、この作品を書こうと思った直接のきっかけは、当時ケーブルテレビで放送していた『タイムマシーンにお願い』という海外ドラマを観《み》た事ですね。

さすがに細かなストーリーは忘れてしまいましたが、普通のタイムトラベルではなくて、意識だけを過去に飛ばして過去の人間に乗り移る、という趣向が面白く、興味を惹《ひ》かれた事を覚えています。

そして、そのドラマの原題が『Quantum Leap』だったので、この作品内では「過去の自分の中に意識だけ転移する」タイプの時間跳躍を、一般的な（肉体を伴った）タイムトラベルと区別するために「タイムリープ」と呼称する事にし、それがそのまま作品のタイトルともなったわけです。

後年、電撃作家の後輩にあたる綾崎隼《あやさきしゅん》くんが時間跳躍ものの作品を書くにあたり、「タイムリープという用語を定義づけたのは高畑さんって事でいいんですか？」と、僕のところに確認に来たのですが（律儀者）、

「あれは、作品内で区別する必要があったから作品内で定義づけをしただけで、時間SFもの界隈《かいわい》での位置づけは、正直よく分からない」

と、答えておきました。

しかしながら、筒井康隆《つついやすたか》先生の『時をかける少女』（１９６７年）の本文中に、既に「タイム・リープ」という言葉は出ていますので、僕の造語ではないという事だけは確かです。

◆

なお余談ですが、『タイム・リープ』を刊行するにあたり、当時の編集さんが「元祖である筒井康隆先生にあとがきを書いて貰《もら》えたら」と企図し、実際に連絡も取って

くださった……という出来事がありました。折りしも筒井康隆先生が断筆宣言をしていらした時期でもあり、それは叶《かな》いませんでしたが。

打ち合わせで編集部に赴いた際に、

「残念だけど、こういうわけで」

と、編集さんに葉書を見せられたのですが、それがなんと筒井康隆先生直筆の葉書だったのです。しかも、断りの内容とはいえ、僕の作品に言及した文章が書かれている。

思わず息を呑《の》みましたね。

「まあ、他にもやりようはあるから、そんなに気を落とさないで」

と、編集さんに言われて、僕は応えました。

「いや、もうそんな事はどうでもいいんで」

「は？」

「とにかくその葉書を、こっちに寄越《よこ》せ」

有無を言わさず、強奪して帰りました。

我が家の家宝です。

更に余談の余談ですが、『ビブリア古書堂の事件手帖《てちょう》』の三上延《みかみえん》くんに、このエピソードを紹介したところ、

「それは高値が付きますね」

と、ほざきやがったので、

「金の亡者め」

と、罵っておきました。

◆

第一作の『クリス・クロス』と同様に、『タイム・リープ』もまたラジオドラマ化されました。主人公の若松和彦《わかまつかずひこ》の声を担当して下さったのは、緒方恵美《おがためぐみ》さん。……なのですが、緒方恵美さんと言えば碇《いかり》シンジくん、碇シンジくんと言えば「逃げちゃダメだ」なので、それと同じ声で若松和彦のあの台詞を言われると、カッコイイ決め台詞《ぜりふ》の筈《はず》なのに、ついクスッと笑ってしまいます。

『新世紀エヴァンゲリオン』の放映も1995年だったので、『タイム・リープ』がラジオドラマ化される頃には大ブームの真っ盛り。それを考えると、ある程度狙った

キャスティングでもあったのかなと、当時から邪推をしております。

もうひとつよく覚えているのは、関鷹志《せきたかし》役の石川英郎《いしかわひでお》さんの事。物語の後半に、彼が鹿島翔香《かしましょうか》に護身術の稽古を付けるシーンがあるのですが、必然性があるとは言え、女性の体に触れる事に、関くんはちょっとした躊躇《ためら》いを見せるわけです。

で、遠慮がちに、「ちょっと体に触るけどいいかな？」みたいな事を言うのですが、その言い方が……なんと言うか、おどおどと相手の様子を窺《うかが》いつつ、でも下心は確かにあるみたいな感じで、僕は（お前が不審者じゃ）と心の中でツッコミながら収録を見ていました。

で、その後、ちょっと休憩しようと外に出たら、石川さんも休憩所に来ていらしたんですね。挨拶がてらお話をしているうちに、つい気が緩んでしまい、不審者発言についても、ご本人相手にツッコンでしまいました。

石川さんは呵々《かか》大笑されて、「僕も内心、この方向で大丈夫かと思いながら演《や》ってました」とのこと。

それでこの話はいったん終わったのですが、後日、ラジオの視聴者さんの『原作の先生に突っ込まれたという台詞を楽しみにしています』というコメントを目にする機会があり、あんな細かな事でも話題作りに繋《つな》げていくものなのだなぁと感心したものです。

◆

『タイム・リープ』はラジオドラマのあと、映画化もされました。

この頃になると、あまりにもとんとん拍子すぎて逆に現実感がなく、「はあ、そうですか」と、求められた事をただこなしていく感じでしたね。

「撮影現場に見学に来い。ついでにちょい役で出演しろ」

と言われて、茨城の方にある学校にも連れて行かれました。

時季はいつ頃だったかな……かなり寒かった事を覚えています。

映画の撮影現場なんていうところに顔を出す機会もそうそうないので、ちょろちょろとあちこち覗《のぞ》いてまわりました。

学校内には生徒さんもいたのですが、衣装としての制服と、この学校に通っている生徒さんの制服と、どちらがどちらなのか把握できておらず、「本物の生徒さんですか？」と訊《き》いてしまって笑われたりもしましたね（ちなみにその生徒さんは本物でした)。

(なお、ラジオドラマで若松和彦役を担当して下さった緒方恵美さんには、映画版主題歌も担当していただき、重ね重ねお世話になりました)

◆

小説の方へと話を戻すと、この話、最初の構想では物語の語り手(=視点保有者)は若松和彦だったようです。当時のアイデアノートを引っ張り出して見てみたら、僕の字でそういうメモ書きがされていたので驚きました。

若松視点で鹿島翔香を見ると、多重人格みたいにコロコロ言う事が変わる人間に見える筈。話す内容だけでなく、切迫さや親密さまでも切り替わるので、そのあたりに困惑しつつ振りまわされる面白さを出したかったのかもしれません。この段階での若松和彦は、慌てたり悩んだり女の子にドキドキしたりする、標準的な男子高校生キャラでしたし。

ただ、その手法を取るといろんなところに不具合が生じてしまうので、ある段階で物語の構造を全部引っ繰り返す決断をしたのでしょう。そして思い切ってやってみたら、その大手術が予想外にうまくいったというわけです。

それまで、どんなに頭を捻《ひね》ってもうまくいかなかったもの——力業でねじ込むしかないのかと思っていたパズルのピースが、光の当て方を変えた途端に、吸い込まれるように嵌《は》まっていく。正直、快感でしたね。これはいける、とも思いました。

特に大きかったのが、若松和彦を物語の語り手から外した事で、彼の内面を描写せずに済むようになった事。彼の頭の良さを常識外れのレベルにまで上げる事ができるようになったので、彼が事態を解明するまでのステップも減らす事ができるようになりました。

『なるべく分かりやすく、読者に伝える』というのは、僕が小説を書く上で重要視しているポイントなので、複雑さに複雑さを重ねるような事はしたくなかったんですね。若松和彦が事態を解明するまでのステップもなるべく減らしたかったし、鹿島翔香の時間跳躍も必要最小限にしたかった。そのふたつが、先の大手術をした事で、本当に奇跡的に、過不足なく嚙《か》み合《あ》ったんです。

◆

プロットが完成したあとの執筆は、快調に進みました。この作品の性質上、ストーリーラインは変えようがないので、余計な事を考えなくていい。あとから良《い》いアイデアを思いついてしまい、それを盛り込みたくなって悩む……なんて事もないわけです。

ただ一ヶ所だけ、あとから追加した部分がありました。エピローグです。章題としては『おまけ』となっている、あの部分。

プロットを組み上げていた時の僕は、この話を完全な円環構造に仕上げるつもりでした。序章で始まり終章で終わるが、終章は序章に直結している。そういう構造にしたかったのです。

ところが当時の編集長さんから直々に、

「これじゃ物語が終わってないよ。ちゃんと読者を着地させてあげないと」

と言われまして。

僕としては本当に不本意で、嫌々付け足した部分なんです。あそこ。

どんだけ嫌がっていたかと言うと、あそこの章題に最初は『蛇足』と付けていたくらいです。

「なんぼなんでも、そりゃないだろう」

と怒られて、『おまけ』に変えたという経緯があります。

……ですが、今にして思えば、僕が間違っていました。

編集長さんのおっしゃった通りです。

あのまま終章で終わっていたら、宙ぶらりんで落ち着かない気分が残ったでしょう。

「前後を読めば、そうなると推測できるだろう」

と言うのと、

「実際にそうなった」

と言うのとでは、重みと安心感が違いますからね。

小説家の妙なこだわりなんかに耳を貸してはいけません。

作品をひとつ仕上げると、その世界観やキャラクターに愛着も湧くもので、

「このキャラクターたちは、その後どうなっただろうか？」

とか、

「この題材を、角度を変えてやってみたら、また別の面白さがでるかもしれない」

みたいな事を、考えたりもします。

『タイム・リープ』を書き終えたあとも、ぼんやりと夢想したアイデアがありました。

◆

ひとつは時間跳躍ものの別バージョンで、主人公がふとした事から不思議な腕時計（みたいなモノ）を手に入れる。それはとある企業が秘密裏に開発した機械で、任意の時間をセーブでき、あとからその時点に戻る事ができる。なにか失敗したらロードして、セーブした時間からやり直せる。そういう機械。

その機械を利用している様子を端から見ていると、「もの凄《すご》く運が良い人間」に見えるわけです。そして、それを開発した企業に主人公の存在を気付かれ、追跡を受け

る。企業側は「主人公が袋小路《ふくろこうじ》に陥るようなタイミングでのセーブ」をさせようと企《たくら》むが、主人公も機転を利かせてそれを躱《かわ》す。苛立《いらだ》つ企業側は、主人公を遠距離から狙撃する事で、機械の回収をしようと企むが……というようなお話。

でもこれ、1995年当時ならともかく、『オール・ユー・ニード・イズ・キル』や『ドクター・ストレンジ』や『サマータイムレンダ』が世に出たあとの2022年では、周回遅れもいいところですね。

皆さんも良いアイデアが浮かんだら、なるべく早く形にして発表するようにしましょう。

◆

ちなみに、もうひとつのアイデアは、若松和彦と鹿島翔香のその後のお話を、全然違うジャンルでやってみようというものでした。

具体的に言うと、倒叙ものの推理小説ですね（推理小説に超能力者が出演していいのかという問題はありますが、この話では鹿島翔香は超能力を使いません）。

主人公は、若松和彦や鹿島翔香と同じクラスの男子高校生。

殺人現場から話は始まり、主人公は証拠を残さないように偽装工作をして、現場を後にする。アリバイ工作をしようと街中に出た時、若松和彦（鹿島翔香とデート中）と出会う。若松和彦の聡明《そうめい》さを知っている主人公は、まずい奴《やつ》に会ったと思うが、平静を装ってその場を切り抜ける。

数日後、死体が発見され、事件はニュースに。主人公が学校に行くと、若松和彦に、

「そう言えばこの間、あそこでなにをしてたんだ？」

と話し掛けられる。

若松和彦はこの話では探偵役。直接自分とは関わりの無い事なので、積極的に捜査を始めるような事はしませんが、第二・第三の事件が起こり、主人公が若松和彦を遠ざけようと企むので、却って関わりが深くなっていく。

やがて若松和彦は、主人公の工作を暴き、更にその奥の、主人公が本当に隠したかった真実にまでも辿《たど》り着《つ》いてしまう。……というようなお話です。

この話のアイデア出しをしている時に一番やりたかったのは、鹿島翔香が事件に巻き込まれそうになって、若松和彦が声を荒げるシーンでした。

「鹿島を巻き込むような真似《まね》をしてみろ。絶対に許さん」

と、柄にも無い啖呵《たんか》を切るわけですが、その理由は、鹿島翔香があるレベル以上の恐怖を感じたら、それをきっかけに再びタイムリープ現象が始まる可能性があり、その収拾のためにまた苦労させられるから、なんです。

そして、若松和彦がそういう意味で言っているという事を、鹿島翔香は正確に理解しているので、彼女自身は当然の事として聞き流すのだけれど、事情を知らない彼女の友人たちは、きゃあきゃあ黄色い声をあげてはしゃぐ。その辺のギャップをさらりと表現できたら、面白いシーンになるんじゃないかなと思っていました。

ちなみに、そこまでプロットを練っておいて、どうして書かなかったのか、ですが……端的に言うと、若松和彦の洞察力が高すぎたからですね。ストーリーテリング上の要請と若松和彦の能力との間で整合性が取れなくて、ここをゴリ押しして無理のある話を書くくらいなら、一から作り直した方がいいだろうという判断をしたのでした。

（その他にもいろんな夢想・妄想が当時のアイデアノートには記されていて、自分で読み返す分には結構面白いのですが、書き上げなかった作品の裏話などに価値は無いので、このあたりにしておきましょう）

◆

以前、筒井康隆先生が『時をかける少女』を、孝行娘と表現された事がありました。何度も映像化され、その度に稼いできてくれるという意味ですね。大先輩の諧謔《かいぎゃく》を援用するのも恐縮ですが、僕にとっての『タイム・リープ』も、孝行娘と言えるかもしれません。なにしろ、27年も経《た》っているのに新装版を出していただけるのですから、ありがたい話です。

小説に限らず、絵画や音楽、映画やゲームなど、コンテンツを世の中に向けて発信する仕事は、いつどんなところから反響が返ってくるか分からない。というスリリングさを持っていると思います。

『タイム・リープ』はライトノベルというカテゴリーで刊行されましたが、『SF』

として読んでくださる方や、『ミステリ』として読んでくださる方、そして『恋愛もの』として読んでくださる方までいて、本当に幅広いんですね。
そして、その反響が、いつどこから返ってくるか分からない。

去年の話になりますが、映画のレビューを目当てにいつも聴いているラジオ番組がありまして、それをいつものようになんの気無しに聴いていたら、『タイム・リープ』と僕の名前が紹介されて吃驚《びっくり》したという事がありました。仕事とは関係なく、自分の趣味だけで聴いていたラジオ番組だったので、不意を衝《つ》かれた感じです。個人的にかなりインパクトのある出来事だったので、このシチュエーションでなんか一本書けるんじゃないかとすら思いました（職業病）。

また今回、『タイム・リープ』の新装版を出すに当たって、米澤穂信《よねざわほのぶ》先生から過分な推薦文をいただきました。本職のミステリ作家の先生にあそこまで褒めていただいて、恐縮しきりでございます。

僕はデビュー当時から、あっという間に消費されてしまう作品よりも、長い間愛される作品を書きたいと思っていましたし、電撃大賞の審査員をさせていただいていた期間も、時代に左右されない普遍性とか、地に足のついた心理の動きなどを、高く評価してきたつもりです。

そういう立場から言うと、これだけの年月が経ってもまだ、いろんな人に記憶していて貰えると言うのは、とても光栄ですし、自分の理想が実現できたような気にもなれて嬉しいです。そういう意味では『タイム・リープ』は、孝行娘と言うよりも、果報者と言うべきなのかもしれませんね。

＜初出＞
本書は1996年12月、電撃文庫より刊行された『タイム・リープ〈下〉 あしたはきのう』を加筆・修正したものです。

この物語はフィクションです。実在の人物・団体等とは一切関係ありません。
一部飲酒に関する表記がありますが、未成年者の飲酒は法律で禁止されています。
物語の中に、法に反する事柄の記述がありますが、このような行為を行ってはいけません。

【読者アンケート実施中】

アンケートプレゼント対象商品をご購入いただきご応募いただいた方から抽選で毎月3名様に「図書カードネットギフト1,000円分」をプレゼント!!

https://kdq.jp/mwb

パスワード
vhwwh

■二次元コードまたはURLよりアクセスし、本書専用のパスワードを入力してご回答ください。

※当選者の発表は賞品の発送をもって代えさせていただきます。 ※アンケートプレゼントにご応募いただける期間は、対象商品の初版(第1刷)発行日より1年間です。 ※アンケートプレゼントは、都合により予告なく中止または内容が変更されることがあります。 ※一部対応していない機種があります。

メディアワークス文庫

新装版《しんそうばん》 タイム・リープ〈下《げ》〉

あしたはきのう

高畑京一郎《たかはたきょういちろう》

2022年10月25日　初版発行
2024年12月15日　6版発行

発行者　山下直久
発行　株式会社**KADOKAWA**
〒102 - 8177　東京都千代田区富士見2 - 13 - 3
0570-002-301（ナビダイヤル）
装丁者　渡辺宏一（有限会社ニイナナニイゴオ）
印刷　株式会社KADOKAWA
製本　株式会社KADOKAWA

※本書の無断複製（コピー、スキャン、デジタル化等）並びに無断複製物の譲渡および配信は、
著作権法上での例外を除き禁じられています。また、本書を代行業者等の第三者に依頼して複製する行為は、
たとえ個人や家庭内での利用であっても一切認められておりません。

●お問い合わせ
https://www.kadokawa.co.jp/（「お問い合わせ」へお進みください）
※内容によっては、お答えできない場合があります。
※サポートは日本国内のみとさせていただきます。
※Japanese text only

※定価はカバーに表示してあります。

© Kyoichiro Takahata 2022
Printed in Japan
ISBN978-4-04-914697-4 C0193

メディアワークス文庫　https://mwbunko.com/

本書に対するご意見、ご感想をお寄せください。
あて先
〒102-8177　東京都千代田区富士見2-13-3
メディアワークス文庫編集部
「高畑京一郎先生」係

おもしろいこと、あなたから。

電撃大賞

自由奔放で刺激的。そんな作品を募集しています。受賞作品は「電撃文庫」「メディアワークス文庫」「電撃の新文芸」等からデビュー!

上遠野浩平(ブギーポップは笑わない)、
成田良悟(デュラララ!!)、支倉凍砂(狼と香辛料)、
有川 浩(図書館戦争)、川原 礫(ソードアート・オンライン)、
和ヶ原聡司(はたらく魔王さま!)、安里アサト(86―エイティシックス―)、
瘤久保慎司(錆喰いビスコ)、
佐野徹夜(君は月夜に光り輝く)、一条 岬(今夜、世界からこの恋が消えても)など、
常に時代の一線を疾るクリエイターを生み出してきた「電撃大賞」。
新時代を切り開く才能を毎年募集中!!!

電撃小説大賞・電撃イラスト大賞

賞(共通)
大賞……………正賞+副賞300万円
金賞……………正賞+副賞100万円
銀賞……………正賞+副賞50万円

(小説賞のみ)
メディアワークス文庫賞
正賞+副賞100万円

編集部から選評をお送りします!
小説部門、イラスト部門とも1次選考以上を通過した人全員に選評をお送りします!

各部門(小説、イラスト)WEBで受付中!
小説部門はカクヨムでも受付中!

最新情報や詳細は電撃大賞公式ホームページをご覧ください。
https://dengekitaisho.jp/

主催:株式会社KADOKAWA